百鬼夜行
百鬼夜行——卷9——
報喪女妖
笭菁 著

百鬼夜行—卷9—報喪女妖

（※本故事內容純屬虛構，如有雷同，純屬巧合。）

目次

楔子

一個沾著泥巴的石子，狠狠的朝女孩扔了過去。

「烏鴉嘴！」

咚的一聲，石子砸上女孩的額角，往外反彈，泥巴飛濺，女孩疼得蹲下身子撫住額角，感覺有股熱液汨汨流出。

竹橋上，一群七、八個學生站在一邊，神情憤怒的對著另一端的落單女孩丟著石頭，他們都穿著一樣的制服，是同一所學校的學生！被石子扔打的女孩披頭散髮，連制服也是零亂髒污，看起來已經被欺侮過一陣子了。

「妳為什麼就是不閉嘴啊！」其中一個長髮女孩哭喊著，「咒死別人妳就這麼得意的嗎？」

髒汙的女孩只顧著壓著額角，她可以感受到血流下來了。

「烏鴉嘴！」其他人跟著喊了，「平常我也沒怎麼惹妳，妳為什麼要害人？」

害人？女孩從遮蓋住臉的亂髮縫隙看向說話的高大男生，輕輕的搖了搖頭，她沒有害過人啊！

「我……我沒有。」她很認眞的說著，「我從來沒害過誰！」

「閉嘴吧妳！」她一出聲，那長髮女孩就激動的扔出手裡的石子。

拋磚引玉，她一扔，一眾七、八個學生紛紛也扔出了石頭，甚至有人用外套盛著一大堆撿來的石頭，好供大家狠狠朝女孩砸去。

「我沒有……我——」女孩疼得轉過身去，她不知道該怎麼去擋下不停砸來的石頭，好痛，好痛，好——咚！

一顆碩大的石頭，正中了她的額角。

咦？眼前瞬間一黑，女孩踉蹌的撲前，撞上了竹橋低矮的欄杆，然而她卻無力撐住，而是虛弱的以整個身體垂掛的姿態，「掛」在了竹編的欄杆上。

但學生們沒有停止，他們依舊賣力的扔出手裡的石頭，丟得女孩頭破血流、渾身是傷，直到石子用完爲止。

但即使如此，他們卻依舊怒火中燒，沒有絲毫的消停。

「妳能不能離開這裡？妳能不能去死？」長髮女孩對著無力的她咆哮，「有妳在的一天，我們這裡就不會安寧！」

女孩沒有回答，她只覺得好暈……好暈，然後她頭一沉，直接往前倒了下去。

就這麼翻過了欄杆，栽進底下的河裡。

「咦？」橋上的學生們嚇到了，他們沒想到女孩會直接掉下去，而且……她頭下腳上，直直「插」進橋底。

「不好！她掉下去了！」

「她為什麼插在那裡啊？好像種的一樣！」

「……去去！去拉她吧！」

眾人慌亂得七嘴八舌起來，幾個男孩準備衝到橋下去，試著把女孩拉起。

「為什麼要……不要！誰都別動！」長髮女孩尖喊著，所有人詫異的看著她，「水、水這麼急，河又這麼寬，你們下去萬一被沖走怎麼辦？」

學生們往河道上瞥去，是啊，水是很急，但為什麼女孩筆直的插在那兒？卻一動也不動，絲毫沒有被沖走的姿態呢？但鄭湘瑤說得也沒錯，貿然過去，能不能走到河中央都是問題！

「那……我們去找老師吧！去叫老師！」高壯的男孩回頭吆喝著，「她再壞，我們也不能見死不救吧！」

為什麼不能？好幾個人心裡不由得浮現這句話，她都能這樣詛咒他們的親友，爲什麼要救她？她死了，大家是不是都平安了？

「對！去找大人！這我們沒辦法！」另一個男孩也覺得這樣最正確，飛速的往前跑去！「救命——救命！有人落水了！」

「鄭湘瑤，你們在這裡守著喔！我們去找人！」

有四個人衝回鎮上去呼救了，剩下的人依舊站在橋的這端，看著那個插在水裡的身影，雙腿不知何時已經停止掙扎。

「她昨天跟我說……」一旁有個瘦小的男孩開了口，「我哥哥可能會出事。」

啊——所有人倒抽了一口氣，驚恐莫名的望著男孩。

「沒關係！沒關係……」鄭湘瑤戰戰兢兢的說，「如果她現在死了，詛咒就不會成眞了！」

男孩抬頭看著同學們，淚眼婆娑，「眞的嗎？只要她死了……」

「對！快死吧……快死吧！」鄭湘瑤發紅的雙眼狠狠瞪著那雙腳，她多希望同學搬救兵慢一點，最好來不及，人們找不到救援的設備，讓她就這樣死去吧！

她看向自己手臂上的白色孝誌，只願……她的父母就是那烏鴉女詛咒下的最後一人。

死吧死吧！那個每每咒著大家親友死亡的烏鴉嘴，就這麼溺斃吧！不要再危害任何人了！

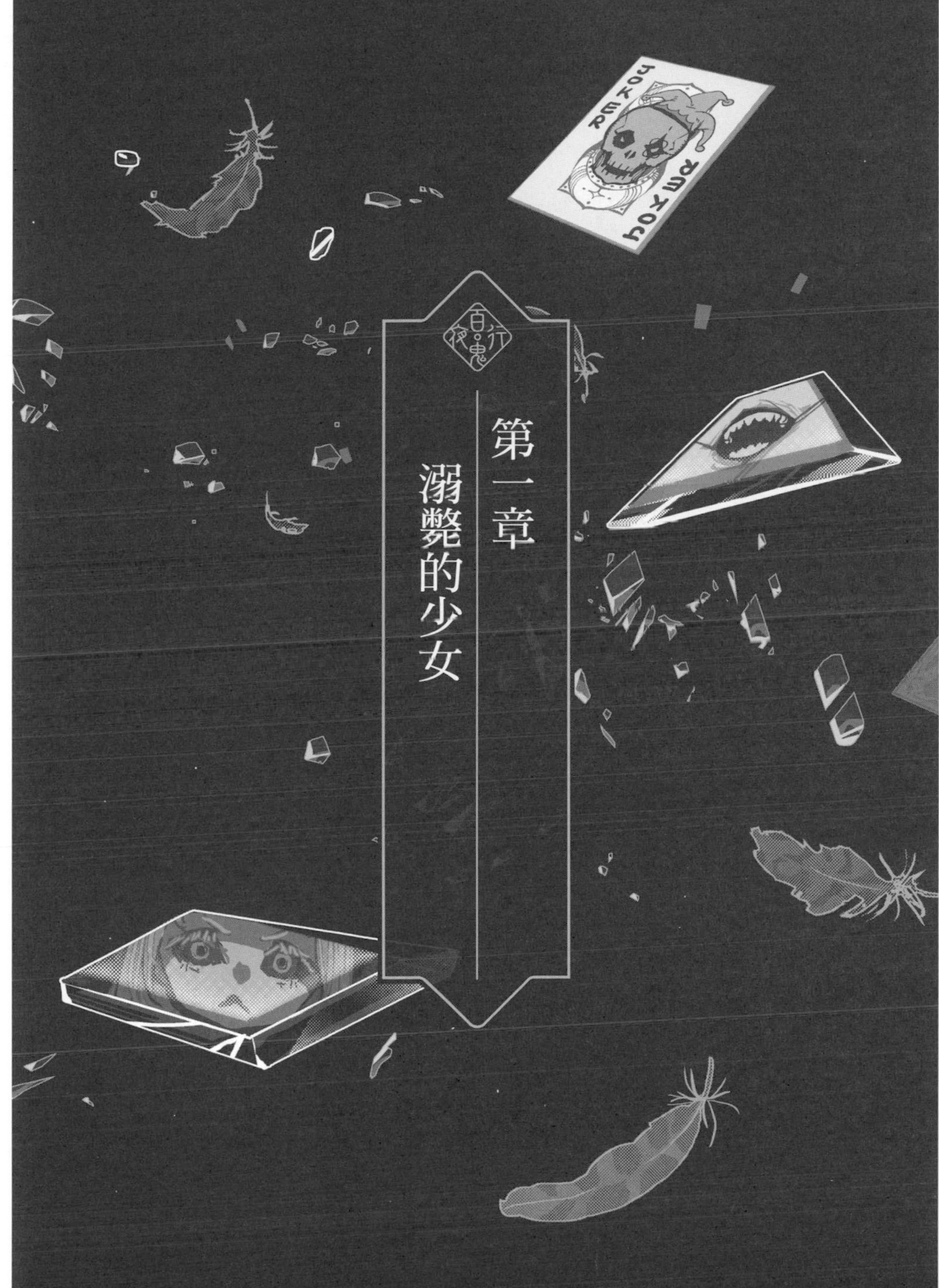

第一章 溺斃的少女

咖啦，女人扭開瓶蓋，咕嚕咕嚕的大口灌著，一眨眼就乾掉一瓶！旁邊的男人即刻再遞上一瓶，她又迅速喝掉半瓶，才一臉活過來的模樣——

「呼……天哪！」她滿臉通紅，用手背隨意抹了抹淚痕，「累死我了！咳！」感受到喉嚨乾乾的，她趕緊從口袋裡拿出備妥的羅漢果塞進口裡，嘆口氣後癱坐在椅子上。

「辛苦了！休息一下吧！」男人遞出擰濕的毛巾，「擦擦汗！妳衣服都濕了吧！」

點點頭，她一身素衣白裙的、披頭散髮，摘下了頭上的白色喪帽，再脫下白色孝衣，接著再拆掉膝蓋上的護膝。

「裡面冷氣也太不冷了！」她好不容易開口說話，聲音果然哭到有點啞，「就算今天有點降溫，但也不能這麼小氣啊，明知道我要在那邊跪哭個兩小時，這是體力活啊！」

「我知道！但我得伴奏啊，分不開身去找金哥幫我們！」阿龍面有難色，電子琴就擱在一旁，「妳知道我們人手不足……」

知道，哪可能不知道！隨著時代變遷，哭喪這件事情越來越少人在做，還能保有這工作就要偷笑了，以前葬禮全套下來團隊幾十人都是小意思，想當初她還是見習哭喪女時，師父的團隊就有二十幾個那麼多呢！

生意好的時候，一整天都哭不過來，有時見習生還得硬著頭皮上去哭……轉眼，社會變遷如此之快，哭喪已經成了淘汰文化，各種禮俗變得越來越簡單，現在甚至許多連誦經都省了，更別說他們這種哭喪女了。

「算了啦，想想錢就幾個人分，也不錯啊！」胡眞心向來都這樣安慰著。

他們兩個都已兼職，平常都有工作，有哭喪工作時才接，綜觀國內還在幹這行的人也已經很少了，之前有些同行跟前輩也不堪虧損紛紛轉行，到頭來她反而變成寡占市場，這麼想著就更捨不得放了。

「剛剛的喪家還給了小費，很不錯了！」阿龍滿意的拍拍斜背包，一大包白包，摸起來挺有厚度的！

「眞的嗎？哇，太上道了！」胡眞心雙眼晶亮，這樣覺得剛剛這麼賣力的哭就太值得了！

兩個人心情愉快的商量著晚上要去吃什麼，好不容易有進帳，但他們也不敢太揮霍，去吃個燒烤吃到飽補充體力就好！

「我去換衣服補個妝！」胡眞心開心的拎起包，準備去洗手間化妝換衣服，脫下這哭喪女的外表，她可還是個亮麗的年輕……近中年人好嗎！

「那我去跟其他人打個招呼！那個組長有問我們說，這兩個月可能旺季，要不要兼職洗那些菩薩們跟化妝，時薪開很高喔！」

「洗啊！又不是沒洗過，跟他說只要有缺隨時一通電話打過來，我要能做我一定做。」胡眞心毫不猶豫。

對於死亡的事，她接觸得太多，已經是生活中的習慣了。

例如殯儀館對外人來說總是代表著不祥，但對於以哭喪爲職的胡眞心來說，這裡就像她第二個家一樣，不管去哪兒都覺得非常自在，像現在即使一個人要去洗手間，也沒在怕的。

「是誰？都是你們害的！哪一個？」

咆哮聲突然自外面傳來，胡眞心跟阿龍都愣了一下，他們不約而同的往大門的方向看。

「她好好的怎麼會掉進水裡？你們這麼多人沒一個救她？」

「是誰推她的？自己說啦！」

「都給我進去看她！對她發誓不是你們幹的！」

胡眞心瞬間領會到外面有事發生，與阿龍即刻整理服裝儀容，既然有新的喪家，那就不要放過任何一個可能的工作機會，說不定人家需要哭喪女啊！

他們假裝鎮定的走出去查看，金哥瞥見他們立刻微微搖頭，表示這家人不會要哭喪女的，叫他們進去，不要白費工夫；但外頭陣仗好大喔，至少十幾二十個人就算了，居然還有警察！

是刑案嗎？

「別這樣子！都還要調查！」警察上前勸說一對應該是父母的家屬，這兩個人看起來非常氣忿，指著前方一群像學生的孩子咆哮。

「調查什麼！現場就他們跟我孩子，她頭上的傷是怎麼回事？還有那些帶血的石頭？」一個肥胖的男人指著學生們罵，「她身上到處都是傷痕，你們欺負她再把她推下去對不對？」

一堆學生瑟縮在各自家長懷中，有人咬著唇、有人面露恐懼，也有人在不停的哭，看起來事情不一般哪。

「全都給我進去看她！」父親粗暴的上前，扳過一個女孩的肩頭就要往裡拖，「去看看她的屍體！」

「哇——我不要！」那女孩嚇得花容失色，尖叫著拉住同學。

這是在做什麼啊？胡眞心觀察著四周，大概可以判斷有人溺水身亡，這對噸位很大又雄壯威武的父母認爲是同學的錯，而且這些學生事發時全部都在場！

但……讓這些看起來才高中的孩子去面對同儕的屍體，好像也不太對吧？

「就說了她是自己掉下去的！」鄭湘瑤衝上前拉回同學，「她突然就不穩，然後就摔下去了！」

「我聽妳在放屁啦！她身上的傷呢？你們就是拿石頭砸她，丟到她不穩的對吧？你們在欺負我家芝芝！」母親也激動的吼著，「不要以爲我不知道，你們這些人一天天的都看她不順眼！」

「你們自己還不是一樣！不要把所有的傷都推到我們身上！」某男孩也突然喊了起來，「有九成的傷都是你們打的吧！」

父親一聽，怒眉一揚直接衝上去作勢就要揍那個男學生，警方趕緊上前阻止，現場超級火爆，兩個警察攔著父親，母親一樣罵罵咧咧要衝上前，學生們也沒收斂，繼續回嗆，毫不客氣。

而且那男學生似乎點燃了大家的「勇氣」，眾人你一言我一語的，陷入了大混亂。

「你們才不會對李芝凌的死難過啦，你們只是想要從我們身上要錢而已！」鄭湘瑤跟著罵，「平時你們也是超討厭她的，誰不知道她就是個烏鴉嘴，你們也是照三餐揍她！」

「我揍我家小孩是我的事，但你們憑什麼拿石子K她？」母親咬牙切齒的說著，往地上左顧右盼，隨手要抓了小石子朝女學生扔去，「欺負我女兒！啊？欺負我女兒！」

「哇啊……眞的不知道會這樣！她突然就倒向欄杆才掉下去的！」其他學生趕緊想勸架，「她掉下去我們不敢下水啊，水那麼急！」

「她就是被你們推下去的啦！再不然也是因爲你們丟她頭，這裡——這裡有個洞！」父親指著左邊額角，「什麼她一暈就掉下去了？你們還在那邊見死不救！」

「她不是也見死不救嗎！」有人喊了出來，「她動不動就說誰家的人會死，她也從沒幫過忙啊！」

這撕心裂肺的哭喊聲一出，現場頓時一陣寧靜。

「鄭湘瑤……」

「我有說錯嗎？誰不是怕她怕得要死！恨她恨得要命！就怕她突然對著你說：你家最近要辦喪事！」她忿忿的抬眼瞪向那對流氓氣強烈的父母，「她不是我們任何一個人殺的，但是我很高興她死了！」

哭喊的少女上臂有著孝誌，那是家中有喪的代表……噢噢，胡眞心自己在哪兒組織，所以溺水身故的那個人，可以詛咒他人死亡嗎？

胡眞心第一時間看向了阿龍，這是有可能的事嗎？

「你們在看什麼熱鬧！」金哥冷不防湊了過來，「哭完了就走啊！」

「這熱鬧這麼大，傻子才不看！」阿龍言之有理，「這講得很玄咧，什麼詛咒的？」

金哥皺眉搖搖頭要他們噤聲，嫌場面不夠亂嗎？還來這邊湊熱鬧！眼看著外面要打起來了，一旁的勘驗室門突然開了。

「陳法醫。」警察看見走出的白袍男人，一臉緊張期待的看向他。

一時間所有人不約而同的都回頭看向法醫，家屬自然第一時間衝上前，嘴裡繼續唸叨著孩子是不是被殺的、他們家芝芝多可憐……

「死因是溺斃沒錯，頭上的傷也只是輕傷，不致死。」法醫簡單的向家屬交代，「至於是否因爲頭部遭受攻擊而導致重心不穩，那就要麻煩警官了。」

母親倏地轉頭，怒目瞪向一眾學生，「殺人犯！就是你們害死我家芝芝的，殺人償命！」

「李太太妳不要這樣，很多事都還沒確定！」警察們連忙阻止。

「她死了有什麼不好！天下太平！」鄭湘瑤繼續回吼，「就沒有人會再被那個報喪女詛咒了！」

嗯？報喪女？胡眞心眨了眨眼，阿龍轉過來看著她。

「快滾吧你們！我要去忙了。」金哥說著，法醫正在找他呢，看來是要把屍體移去冰櫃了。

熱鬧看夠了，胡眞心跟阿龍繼續之前的計畫，一個去館內上下聊天哈啦增進感情，一個去換衣服化妝，吃飯去囉！

胡眞心脫去了一身素衣，路過垃圾桶時直接扔棄，悠哉悠哉的到了洗手間，重新梳妝打扮一番；這間殯儀館的女廁超寬的，雖然光源充足，定期更換燈管，但是呢……

劈……啪……總是定時的，會有幾盞燈閃爍，亮度也跟燈管數量非常不符合。

「大姐，我是眞心啊，記得我吧？不好意思打擾了，我剛結束工作，整理好就走。」胡眞心轉過身，雙手合十呈拜拜狀，自然的說著，「不是故意打擾妳們的喔！總該記得我嘛！」

她說完，轉身過去繼續對鏡化妝。

她知道殯儀館陰，也知道到處都有好兄弟姐妹，偶爾她也會看到走過去的人影，但是一切關乎於尊重，她非常謹守分界，一直以來也都相安無事。

迅速補妝，抹個眼影、抹上口紅，胡眞心回身朝著洗手間深深一鞠躬後，從容的步出。只是一走出洗手間，就發現到走廊上的燈光全滅，雖說現在是白天，但是這裡位在殯儀館深處，是沒有窗戶的角落。

「大哥大姐，不好意思打擾囉！」胡眞心依舊冷靜的邊唸邊做鞠躬狀，右轉朝著轉角處的亮光走去。

轉角那邊就有來自外頭的光線了，莫急莫荒莫害怕，她是不做虧心事的，這裡的大哥大姐待在這裡多久了？她這外來客要更有禮貌。

腳步聲近，轉角那兒出現了影子，胡眞心放慢自己的步伐，繃緊著身子隨時準備應付突發狀況。

「喂！」金哥正在找她，瞧見她立刻招手。

嚇死人了！胡眞心微微鬆一口氣，加緊腳步朝前奔去，「金哥！有活？」

「今天的大體想交給妳處理，跟阿龍一起如何？」

「……剛剛的嗎？」胡眞心好奇的問。

「嗯，剛好有四位，二男二女，剛好給你們兩個去分，明後天過來還是怎樣？」金哥比了個手勢，「這個價。」

喔喔喔！胡眞心立即點頭，這價位比平時更高啊！「我一定到！我跟阿龍喬好時間跟你說。」

「好，快去吃飯吧！再記得跟我講。」他們一邊走著，接著走到另一條幽暗的長廊。

轉進來後金哥就不說話了，胡眞心也機靈的不作聲，他們一路到了停屍房後，裡頭的擔架上擺放著一具覆著白布的大體。

兩人雙手合十，禮貌的先行禮。

「勘驗已經結束，等家屬進行一些法事或誦經後，就可以清洗大體了。」金哥意在言外，「如果家屬要做的話啦……」

喔喔，這意思是那位溺斃少女的父母可能沒有要做什麼法事，希望速戰速決的燒一燒完事。

「我明白了。」胡眞心看著白布下的遺體，她也看出來那對父母全程爆氣，但一絲悲傷的感覺都沒有，淚水都還比受驚嚇的學生們少，「有需要我幫忙的事就跟我說吧！能做的我都做。」

金哥瞥了她一眼，泛出笑容，輕輕拍拍她的背，眞心是個好女孩，他從她十幾歲看到現在，會一直介紹工作給她也是有原因的。

胡眞心先認識了晚上要面對的大體後，金哥先付一半的錢，還大方的給他們加餐費，胡眞心樂不可支，但她跟阿龍還是不會亂花，照原定計畫，就是燒肉吃到飽！

離開停屍房後，都要上車的胡眞心卻發現自己的車鑰匙居然不見了。

「該死！」她沒好氣的雙手一攤，「我放在冰櫃那裡了！」

阿龍挑了眉，「我等妳，我可不陪妳進去。」

阿龍體質比她敏感，除了工作外，不會隨便去找事，合作這麼多年她懂！

胡眞心順手把包塞給阿龍，轉頭就回到殯儀館裡去了！裡面依舊吵鬧不停，那群學生、警察、家長還是在相互咆哮指責，她聽到最多的字就是「錢」跟「賠償」，那女孩一個人躺在裡頭，感覺好像無一人爲她的離世而悲傷。

嘎——嘎——響亮的烏鴉叫聲反而讓胡眞心嚇了一跳，她止步回首，這間殯儀館不大，前天井上頭有許多陰影，她抬頭望天，今天莫名的烏鴉有點多。

捏緊拳頭，她加快腳步往裡走去，盤算著如果氛圍不對，得跟金哥說一聲，改個吉日再過來。

回到停屍房的走廊時，感到溫度更低了，要是剛剛她在哭喪的地方也能有這種溫度，她也不至於累得滿頭大汗；嚥了口口水，胡眞心一邊說著對不起，一邊在心裡默唸經文，便進入了停屍房。

她的鑰匙就擱在冰櫃旁的桌子上，火速抓過，立即走人——嘎——刺耳的烏鴉叫再度傳來，胡眞心現在如驚弓之鳥，只差沒尖叫的顫了一下身子，正要開門的她，卻突然發現光線暗了幾度……回頭瞧去，窗外曾幾何時竟停滿了一大片烏鴉，黑壓壓的遮去了白然光！

「嘎嘎——嘎！」烏鴉叫著，一雙黑翅啪啪揮動，看起來更大隻了！

「嘎！嘎嘎！」

「嘎！」

簡直是連鎖反應似的，每一隻烏鴉都張開了翅膀，透著玻璃窗，她都能瞧見烏鴉停在窗外的欄杆上，遮掩住大量光線！

走！走——胡眞心回首抓住門把，一把要拉開門！

「哈————」

猛烈的、倒抽一口氣的聲音陡然響起，胡眞心整個人都僵住了。

這間房間裡，應該只有她一個人是……活人吧？那這呼吸聲是哪裡來的？

就算心裡知道不該回頭不要回頭，但她抖個不停的手就是壓不下門把，頸子還是不受控的再度緩緩往右後方轉動……轉過去。

那個躺在擔架上的少女，上半身已經撐了起來！她頸子還是做後仰狀，大口呼吸著的她，讓覆在她臉上的白布跟著被吹動。

下一秒，她坐直了身子，臉上的白布就這麼落了下來。

胡眞心像被施咒一樣，她動不了！她全身僵硬，手按不下門把，腳也移動困難，連頭都轉不過來！

白布落在少女光裸的腿上，窗外的烏鴉嘎嘎大叫著，她轉過去往窗外看了眼……然後轉了過來。

四目相交，少女，眨了眼。

「對不起打擾了！」胡眞心大吼一聲，這次眞的拉開了門，奪門而出！

夭壽喔！縱橫殯儀館這麼多年，她她她她撞邪了啦！

「李芝凌啊！妳是怎樣？叫半天都不應！死了喔？」

女人拖鞋拖步聲傳來，粗暴的直接扭開房門，再用身體撞開，滿臉不耐煩的往房間裡看。

窄小紊亂的房間裡，女孩坐在床的一角，面對著角落的書桌，背對著母親。

「是不會應聲喔？妳爸叫妳去買酒啦！」母親順手抓起一旁的衣服，揉成一團直接往女孩身上扔去。

被衣服砸到不會痛，女孩的頭只是微微往前一頓，但依舊維持那姿勢沒有變動。

要轉身的母親注意到她還沒起身，氣得直接走進了房裡，「妳現在是怎樣？叫妳去買酒是不會聽喔！」

女孩幽幽的往左轉過頭來，看著繞過床角逼近她的母親。

「我死了嗎？」

「妳再不去就死定了。」肥碩的母親順手抓過一旁的衣架，粗暴的將上頭的衣服拆下來扔到地板，舉著衣架作勢要揍人，「快點啦！是在拖什麼！」

李芝凌做了一個深呼吸，望著自己的十根手指，事實上她指甲縫裡全是泥巴，至今她也沒忘記在爛泥裡掙扎的痛苦。

但媽媽忘了，爸爸也忘了，撫上額角的傷口，好像連拿石子扔她的同學也都忘了。

「我死過了，妳不記得嗎？」她站起身，看著眼前這個高大肥胖、從來不會對她露出一絲笑容的女人，「我應該是溺死在蘭庄溪了。」

「妳是瘋了嗎？在說什麼亂七八糟的廢話？快點去買啦！不然等等被妳爸打妳就知道死了！」女人揮動手裡的衣架，眞的朝李芝凌身上打去，她一動不動的挨了一記，會疼。

會痛啊，她是活生生的啊！

「我死過一次了，不會再死第二次了。」她左手倏地握住衣架，女人瞪圓雙眼，正詫異於這個女兒居然敢反抗時，卻感覺到衣架在她手裡碎了……她嚇得鬆手，看見黑色的粉末從她掌心飛散，剛剛還握著的衣架，竟然都風化了？

「夭壽喔！這是在做什麼？」母親緊張的大喊著，「妳是在搞什麼鬼？」

「拖拖拉拉的，去買酒了沒？」

母親都還沒搞清楚狀況，房門二度被粗魯的推開，一樣肥胖的父親裸著上身走進來，一臉橫肉，怒氣沖沖。

李芝凌往門口看著父親，再正首看向母親，嘴角突然開始抽搐起來，做出一個似笑非笑的神情。

「你們有愛過我嗎？」她這是靈魂發問，「從小到大，有把我當過是你們的女兒嗎？」

「瘋了嗎？還有空說廢話！生到妳這種我都不知道倒了幾輩子楣！都是妳家那個爛基因啦！」父親矛頭即刻指向了母親，「生一個烏鴉嘴，夭壽骨沒路用成天只會咒人家的婊子！」

「怪我？這孩子我一個人生的喔？有關係也是一人一半啦！」母親上前，拉住李芝凌的手腕就往門口拖，順道塞了錢在她掌心裡，「妳不要整天擒肖話、給我們惹麻煩就好了啦！」

母親一拽一拉，把李芝凌推向了門口，父親在門口看著跌過來的她，毫不猶豫的使勁一拍背，再把她推了出去！

「看妳那什麼死人臉！整天陰陰沉沉的，還老是說那些話，活該妳被人打啦！」

他們哪會不知道李芝凌身上跟頭上的傷哪裡來的！他也不想有這種顧人怨的女兒啊，每天掛著一張死人臉，看上去就很令人不舒服了，看到人不打招呼，問問題也不開口，只要一開口就是說誰家會死人、誰家遠親會出事、誰誰誰家有辦喪事！

這種誰會喜歡？偏偏最糟的是，她要是開口講，還眞的會出事！

開口必喪，他怎麼會有這種女兒啊！

李芝凌往前踉蹌、甚至差點仆倒，但很快扶住椅子止步，她緊緊捏著掌心的鈔票……說個笑話，這幾張鈔票，都還比她爸媽溫暖。

「我只是報喪而已。」李芝凌從容回過了身，「你們想不想知道自己的死期是什麼時候？」

父親都還沒消化這句話，臉部即刻漲紅，怒不可遏的揚起手，大步朝李芝凌衝過去，準備要揪住她的頭髮，狠狠的朝她頭部敲去。

李芝凌嘴角的抽搐停了，終於揚起了笑容，看，她知道怎麼笑了。

「是今天唷！」

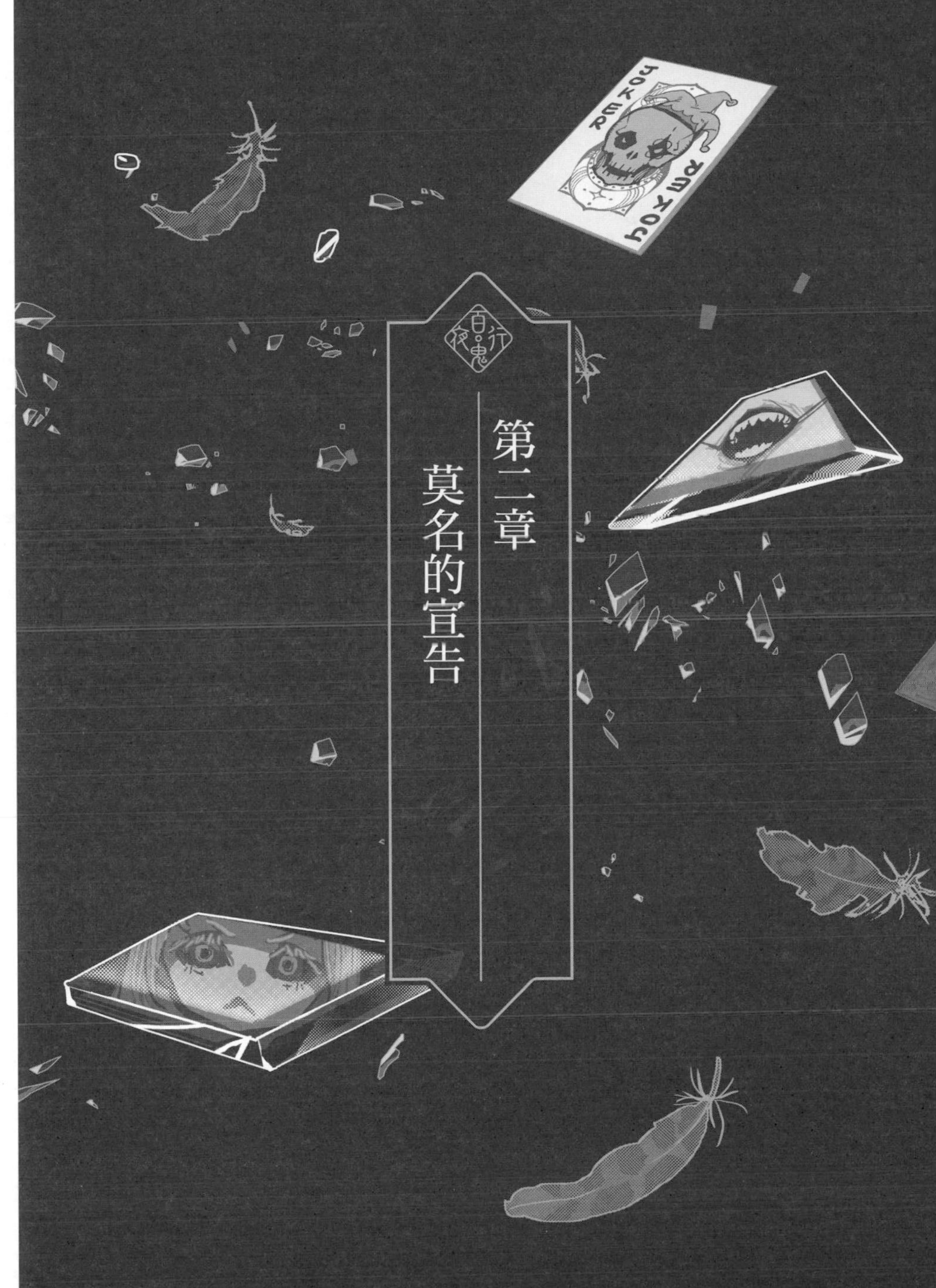

第二章 莫名的宣告

將大體清洗完畢，好整以暇的擺放好後，阿龍不忘雙手合十再度拜了拜，感謝各位的恩德，讓小的可以在最後的時刻爲各位服務，如果哪裡不週到還請包涵，小弟也是辛苦人在賺辛苦錢啊。

今天的工作完畢，等等就能找金哥領錢，只是才走進辦公室，就聽見阿眞正在跟金哥爭執，手裡來回翻著記錄本，那本子也才三頁，她都要翻爛了吧！

「妳不要把我簿子翻爛！」金哥起身，不高興的一把抽起，「沒有就是沒有！」

「你腦子趴待嗎？那天就在外面──」胡眞心指向了門口的方向，「有警察、一堆學生、父母親，都在外面吵架，因爲有個少女溺死在蘭庄溪裡，可能是同學推下去的，大家在這裡爭執啊！」

「最近唯一溺死的是兩個男生，國中生跑去溪水玩！」金哥實在說膩了，「眞的沒有女生溺水，還高中生！」

「就上禮拜的事而已！而且那個死者的同學還說他們沒有推死者下水，可是如果死者死了他們很開心！因爲那個死者都會詛咒他們……因爲她是、是……」胡眞心努力的想回憶起那個詞，「對對對，報喪女！」

金哥平靜的坐在位子上，挑眉朝上望著辦公桌前的她，眼神越過她往左後方瞟去，他發現阿龍已經出來了，就站在門口沒敢進來。

「洗完啦，辛苦了！」金哥即刻拉開抽屜，拿出兩個紅包，「感謝兩位幫忙，阿彌陀佛。」

胡眞心回頭，看見阿龍喜孜孜的進來，雙手恭敬的接過紅包，再三道謝！她當然不會跟錢過不去，接過紅包後道謝，不忘抓住阿龍的手。

「對不對，你也記得那個學生是說報喪女對吧？」她向阿龍問一個答案。

阿龍面露爲難之色，這件事阿眞已經跟他講過幾次了，他自認還沒老年痴呆，但是他眞的不記得上週來這裡哭時，有什麼高中女生溺斃的案件！

「我是眞的……沒印象耶！」阿龍說得很尷尬，「我們那天不是結束後，我去找金哥拿錢，妳換衣服補妝，接著我們本來要去吃燒肉，是妳突然說有事，跳上機車就走了！」

「有事？我是撞……」不是撞鬼，她是因爲看見死人復活才嚇到奪門而出的。是鬼？是人？看著桌上被金哥壓住的記錄本，她翻爛了也沒看到條件相符的女生。

「我不可能看錯的。」她緊皺眉心，「那天眞的有一個高中女生溺斃，然後在停屍房裡坐了起來。」

阿龍臉色大變，「詐屍嗎？別嚇我啊姐！」

「不是……我也不知道，就……」

砰的一聲，金哥一掌擊上桌面，嚇得桌前兩人跳了起來，「這是什麼地方，現在什麼時間了？不知道收斂嗎？」

胡眞心登時倒抽一口氣，意識到他們太沒禮貌了，立正站好趕緊說了句對不起。

「收收快回去了，都幾點了……離開時記得拜拜！」

胡眞心不敢再多說話，都要子時了，到時這裡會更陰，等一下出來溜噠的大哥大姐們更多，她得謹言慎行！與阿龍捏著紅包趕緊去收東西，離開前她還得去上個廁所，人有三急沒辦法啊！她一晚上認眞洗了兩個人，都沒休息咧！

叫阿龍務必等她，她急匆匆的去洗手間，夜晚的殯儀館洗手間更可怕，胡眞心速戰速決，上個廁所都超級戰戰兢兢的！

『我說啊……』

隔壁，突然傳來老人家慢悠悠的聲音。

正在拉褲子的胡眞心愣住了，這個時間點，殯儀館應該只有她一個女的吧？

就算是其他同行，也不該是這個老奶奶的聲音……

『有事的話，去一趟百鬼夜行吧。』

胡眞心力持鎮靜的按下沖水鈕，假裝什麼都沒聽見，就這麼打開門，逕自到洗手台去洗手，天曉得她連多看一眼面前的鏡子都不敢。

隨便洗完，她即刻轉身就往門口走去——磅磅磅磅磅磅左邊一整排廁間，同時一扇接一扇的關上，嚇得胡眞心摀起嘴，她不想尖叫啊！

『記住喔！要是有事，就去百鬼夜行看看。』

她眼尾緩緩瞟去，就在她正左邊的那間廁間，門果然是敞開的，這種情況就是老人家有話要說，她得聽，要有禮貌！艱難的轉動腳跟，她看著地面，斜斜向左轉了四十五度，禮貌的朝著前方行了個禮。

謝謝。

廁所裡的燈光亮起，胡眞心連氣都不敢換的即刻衝出洗手間。

「很久耶！」在外面等她的阿龍都跟著毛起來了。

「走啦！」胡眞心直接拉過他往外頭走去，裡面這麼大動靜他都沒聽到，老奶奶是擺明攔下她的！

有事就去「百鬼夜行」一趟？

她會有什麼事嗎？千萬不要！阿彌陀佛喔，拜託不要啊！

女孩半站著騎腳踏車，努力的朝上坡騎去，空氣越來越好，兩旁的綠樹也越來越茂密，直到大路旁的小巷一拐，幾乎瞬間進入寧靜社區，再跟著穿越過一小片樹林，熟悉的建築物便矗立在眼前。

「平靜精神療養院」的大門就在眼前，今天依然是大門緊鎖，女孩跳下腳踏車後，把車子跟鐵門鎖在一起，接著拎過了帶來的餐盒與補品，謹慎的整理衣服。

禮貌！要有禮貌！她打算過去按門鈴時，卻看見門鎖上出現了精靈，喀噠一聲就把門開了。

「嗨！你們怎麼跑到這裡來了？」她有點詫異的左顧右盼，這間療養院眞的很多精靈，而且呢，她只有在這裡跟老家才看得見這些東西。

因爲精靈只會接近靈魂純淨之人，所以這間療養院裡，有許多靈魂清澈的人呢！精靈既然都幫她開門了，她也就不客氣啦！

厲心棠趕緊進入大門，將鐵門關上，踩著滿是落葉的林間小徑，一路朝左下前方的古典建築奔去。

來到療養院前，她先踏上七階的樓梯，然後推門而入，櫃檯邊的護理師抬頭一瞧見她，紛紛錯愕，這間療養院裡，大概沒有人不認識她。

「妳又翻牆進來嗎？厲小姐，我們有大門。」護理長立即走來，「我記得我們也說過……」

「我來看闕擎的！他堅持在這裡療傷，我會擔心，畢竟也不是普通醫院……」厲心棠打斷了護理長，反正她從來都不可能乖乖離開。

護理長知道，所有護理師也知道，包括那個在病房的闕擎也知道，所以他早就交代過了。

「嘿……」一旁正在聽音樂的女人朝她揮了揮手，厲心棠也燦笑著回應。

這裡真的都是精神疾病相關的患者，厲心棠至今都沒問過闕擎是哪個親人待在這裡，讓他時刻都到這兒當義工，甚至連肋骨斷掉這麼大的事，也不去一般醫院，非得到這裡治療。

「今天入院的患者先安排到一樓嗎？」有護理師過來詢問，「送過來得很突然，有些文件我覺得不齊！但人已經過來了！」

「客人還沒走，等等再跟闕先生說……唉。」護理長翻看著病患資料，「人都丟過來了，先安置在二樓，但隨時留意。」

護理師們點點頭，眉宇之間帶著不悅，厲心棠非常擅長察言觀色，感覺今天的新患者是被硬塞進來的，所以大家不太高興。

「請跟我來。」護理長無奈的領著她往旁邊的電梯去，「他恢復得很好，人也非常健康，就是不愛被吵。」

「我不吵的。」厲心棠在自己唇上做了個拉拉鍊的手勢，全世界都知道這是標準的睜著眼睛說瞎話。

電梯抵達五樓，厲心棠尚未到過一樓以外的地方，走出電梯後，先是見到櫃檯裡的護理師們正在忙碌，接著一左轉，便看見一大票身穿西裝的人，手裡還拿著個板子，板子上有類似評鑑表的東西，正在打勾與填寫。

而走在中間外圍、繫著三角巾的男人，是闕擎！

「再來，要看看醫療廢棄物。」領頭的男人說著，「就剩這項，其他也都看得差不多了。」

「會有人帶你們去。」闕擎停下了腳步，「看完就可以走了，不留各位吃飯了。」

「說什麼笑！合不合格，我們都會秉公處理的。」西裝男漫不經心的一邊在板子上書寫，一邊說道。

「你們什麼時候對我秉公過了？也別睜著眼睛說瞎話了吧。」闕擎絲毫不客氣。

領頭的人冷笑，朝著電梯的方向走來。

「辛苦各位了。」護理長禮貌的頷首，厲心棠下意識跟著行禮。

「咦？這位是？」有人看著厲心棠提出疑問，「爲什麼沒有穿制服？」提出疑問的男人說著，眼神同時落在手上的評鑑板上。

「這位不是院裡的人，她是來探病的親屬。」護理長立刻回答，厲心棠聞言站直身子，哎哎，她在店裡工作太久，很習慣對客人行禮鞠躬啊！

「喔。」幾個男人多看了厲心棠幾眼，便魚貫進入電梯裡。

厲心棠不太喜歡他們看她的神情，毫不客氣的回望著他們，電梯門一關就忍不住咕噥。

「什麼人啊？」

「評鑑醫院的。」護理長輕嘆口氣，「闕先生在那邊。」

闕擎站在原地沒動，厲心棠趕緊走過去，端著滿臉笑容舉起手裡的各種提袋，這可都是店裡的名廚為他量身打造的喔！

「你還好嗎？」她打量著他，「已經能下來走囉？」

「都好。」他淡淡說著，轉身，「拿到我病房吧！」

厲心棠乖巧的跟著，他們前兩週因為一個混血狼人的出沒，導致闕擎這次肋骨真的斷了，現在能下床走路已經很強了。

來到病房區，厲心棠立即留意到這寬敞的走廊上，每一間病房外面都是重重防備，不是普通的病房門，而是厚重的鐵門，上頭還有密碼鎖……這簡直像是監獄啊！

裡面關的是變態殺人犯嗎？就是那種反社會人格的類型？

厲心棠戰戰兢兢的從上面窗口往裡瞧，想看一眼裡面的患者是何等凶神惡煞，結果她看見的卻是躺在病床上的人們，每一個都靜靜的一動也不動，沒有插管，有人醒著、有人睡著，但全都只是躺著。

就這樣？她滿腹疑問，左右邊的病房都忍不住查看，真的沒有一個病人是坐起身或是站著的！

「為什……咦？」終於，她在某間病房外，看見了有點熟悉的患者！

這角度她其實是認不出人的，只是病床頭放了一大堆棉娃娃，她第一眼就認出了是上次那個如綿羊般的白淨男人，體內有著惡魔，靈魂卻極為純淨，還要她問候叔叔的男人！

右手戴著的蕾絲戒指再度隱隱發燙，似乎遇到惡魔或邪惡的東西時，蕾絲戒指便會如此；而危在旦夕時，戒指便會護著她。

「喂。」前方的闕擎喚著。

她遲疑的離開了窗口，朝著隔壁病房前的闕擎走去，人影離開窗前時，病床上的男人眼睛眨了一下。

「你……也被這樣關著？」進入隔壁病房時，厲心棠有點不安，「這裡像監獄，不像是病房啊。」

「都是吧！」闕擎緩緩的往病床上坐，就怕動作太大會牽引肋骨的痛楚。

厲心棠見狀趕緊上前攙扶，細心溫柔的讓他能坐上床；胸口還是疼的，闕擎皺起眉代表他在忍痛，這次真的給他很大的教訓，肋骨斷掉真的太痛了，全身隨便動都疼，要是現在發生什麼事，他完全無法招架就算了，太使力的話，肋骨可能會再斷一次，甚至插進他的內臟裡。

望著站在眼前、開心的把食盒搬出來的厲心棠，這一切的始作俑者，就是這傢伙。

「我是不是說過不要來看我？」他總是這樣唸。

「嗯啊，這個是新菜喔！餓死鬼說你會喜歡。」她也總是完全沒接收到。

而他每次都會心軟，才會一而再再而三的跟她聯繫，牽扯進她的雞婆當中，每次都導致危險受傷，甚至到這次肋骨斷掉的境地。

「弄好先坐下吧，我有話跟妳說。」闕擎平靜的說著，他早就下了決心，只要厲心棠眞的再跑到療養院來找他，他就必須做個了結。

就算體質敏感、看得見魍魎鬼魅的他此後一直被糾纏，無法讓他們去找「百鬼夜行」那間夜店處理也無妨，畢竟在認識「百鬼夜行」或厲心棠前，他一直都是這樣過來的不是嗎？

既然以前自己能處理，現在可以，未來也沒問題——而且，就過去遭遇到的種種而言，都沒有一次比因爲厲心棠捲入的事情還要嚴重！

吸血鬼、狼人、林投姐、魔神仔，眞是應有盡有，她店裡的鬼還不夠多嗎？不知道是打算要收集多少外頭的？

「你要現在吃嗎？」她已經連餐具都準備好了，遞給他。

「坐。」闕擎指著自個兒對面的椅子。

有點嚴肅啊！厲心棠內心暗叫不好，一定就是因爲她不聽勸跑到這裡來找他的關係！他每次都說不要來找他、不要接近他，但她卻每次都唱反調，他也每次都生氣！

這樣講有點賴皮，但她總覺得闕擎應該快習慣了啊！

厲心棠乖巧的坐下，闕擎望著她，似乎在盤算著從何說起。

「我會擔心你的，大家都擔心的！」他還沒說話，她率先開了口，「你被傷得那麼重，小狼也很不好意思，肋骨斷了這麼多根，也沒辦法替你受痛……」

停。闕擎舉起手，示意她住嘴，現在是他說話的時間好嗎！

「剛剛妳瞧見了嗎？有人來這裡進行療養院評鑑，他們是刻意過來找麻煩的，想挑出我們這兒的毛病，進行舉發或是罰款——最希望這裡關門大吉。」

「爲什麼？」厲心棠皺起眉，「有人想要這塊地？還是想要這間療養院爲己用？這裡很賺錢嗎？」

她雖然在夜店裡長大，但從店裡收容的那些孤魂野鬼也多少知道，多少人都是因爲錢被殺死的，這點謀財害命的技倆她聽得多了。

「因爲我。」闕擎說得乾脆俐落，「每天跟蹤我的警察妳也看過了，有人在跟監我，自然也知道我在這裡的事，找這間療養院的麻煩也不意外了。」

「就因爲你，所以要迫害這整間精神療養院？這裡還有這麼多患者，還有你的親人……爲什麼要這麼做？」厲心棠完全不明白，就爲了一個人？

她依舊識相的沒問「爲什麼有警察要天天跟蹤你」，闕擎不想說，她就不會問。

「我沒有親屬在這裡，是我本人住在這裡。」他望著她，微微一笑，「我擁有這間精神療養院。」

厲心棠微怔，旋即倒抽一口氣，那些護理師的尊重、護理長的畢恭畢敬，還有不管何時來總能找到闕擎的原因，她總算懂了！

「幸好……你不是患者。」她鬆了一口氣，闕擎個性的確很怪，「我還想說你是不是也在這邊治療咧！」

呵……闕擎忍不住笑了，「妳覺得我像精神病患者？類似哪種？」

「自戀型人格。」厲心棠倒是一點都沒掩飾，「而且你也不喜歡跟其他人相處，還是邊緣人啊！」

「呵……哈哈哈哈！沒錯沒錯！」闕擎終於笑了起來，但沒笑兩秒就後悔的撫著胸口，斷掉的肋骨疼啊！「哎……妳妳別逗我笑！」

厲心棠緊張的站起來想安撫他，但立刻被他的手勢要求坐回去，她少靠近他爲妙，省得等等不小心又讓他更疼了。

「不說了！」她咬著唇，瞧他那又笑又痛的模樣，止不住的心疼。

「妳……說得沒錯，既然知道，爲什麼一直要纏著我？」闕擎話鋒一轉，冷冷的望著她，「妳知道警察盯著我，就表示這個國家有人在意我的存在，不惜派人跟監我，甚至想奪去我落腳的地方，不想知道爲什麼嗎？」

「你想說自然就會跟我說。」她緊張的深呼吸，「我好奇，但我不想問，我覺得問了是給你壓力。」

「因爲我身邊總是有著數不清的，滾動的屍體。」

他用嚴肅無情的話語說著，坐在他眼前的女孩卻依然用那雙清澈的眼睛看著他，沒有一絲震驚，甚至是詫異，反而在詭異的沉默後從左手邊的櫃子上，把帶來的飲料拿下來喝。

「嗯，然後呢？」

闕擎看著她，這沒有在他預料的反應中，「我說，我身邊總是有數不清的屍體。」

厲心棠狐疑的轉了轉眼珠子，很遲疑蹙起眉，「嗯……然後呢？」

「妳不在意？」

「嗄？有我家多嗎？」她不明所以，「我身邊各種鬼都有啊，什麼死狀都有，算是……活著的屍體嗎？」

一份震驚與強烈的無力感襲來，對啊！他怎麼忘了，她是厲心棠啊，生活在「百鬼夜行」，是被鬼養大的孩子，她怕什麼屍體？在那間店裡，什麼樣死法的人都有啊！首都最知名的夜店，非「百鬼夜行」莫屬，那是棟三層樓的透天厝，表面用木板裝潢成古堡模樣，三層樓的牆面上有許多詭異的雕像，囊括各類妖魔鬼怪，中間也有設置凸出的橫桿，上頭是倒掛蝙蝠的雕像；裡頭的服務生更是裝扮成各種死狀的鬼，或是妖怪，化妝術栩栩如生，也鼓勵客人們扮裝入場。

只是，世人沒想到的是，裡面的所有的鬼或是妖怪，都是眞的。

「……是啊，所以妳不會在乎。」闕擎應聲而笑，「等等，等等，我說的屍體不是指妳家那種！我換句話，我的身邊死太多人了，所以我會被盯上。」

厲心棠總算明白了，含著吸管的唇微啓，闕擎的身邊有人死亡，但那代表是他殺的嗎？

「他們認爲是你殺的，但是沒有證據，只能這樣盯著你吧！」厲心棠急著張開雙掌向著他，「你不必跟我說是不是你殺的，我只知道他們抓不了你。」

闕擎沉吟了一會兒，點了點頭。

「在我身邊會發生不好的事情，現在不會，不代表未來沒事。」闕擎沉重的說，「所以我孤身一人，我不想跟人有交集，我寧願躲在這裡，就是希望過平和的生活，不影響任何人。」

厲心棠晃著手裡的飲料，突然 笑置之，站起來把每一個食物的蓋子都打開，將餐具遞給了闕擎。

「趁熱吃吧，餓死鬼特地爲你做的，你不吃他會傷心喔。」

「厲心棠！」闕擎有點不耐煩！是有沒有在聽？

「你想太多了。」她笑了起來，「你不會影響我的，其實從我們認識到現在……論受傷次數，你比較多耶！」

呃……闕擎一怔，內心開始計數，基本上大小傷不計其數，之前爲了德古拉還被扔到國外，上次又阻止狼人導致現在肋骨斷裂——

「所以我才——」他正準備低吼，不管被影響還是影響人，他都不願意——

一口菜就這麼塞進他的嘴巴裡，措手不及。

可愛的臉就在他眼前，笑得一臉期待，「好吃吧好吃吧……」

有夠死皮賴臉的！闕擎滿腦子都在想該怎麼進行下一步，直接找「百鬼夜行」的老大談嗎？

「你不在意我是被鬼養大的，我也不會在乎你身邊有多少屍體滾來滾去，我在什麼地方長大的，我很清楚。」她聳了聳肩，「你沒發現之前那兩個跟著你的警察不見了嗎？」

闕擎詫異得瞪圓雙眼，難道——

只見厲心棠眨了眼，德古拉勉爲其難的吃掉了！自從上次被闕擎救了之後，他對闕擎挺好的。

「不會吧！你們……妳跟德古拉說的？別把我的事都往裡面講！」

「他早就知道了！他們說你身邊一直有人跟著！」厲心棠嘟囔起來，「比我都早知道呢！」

爲什麼？嘖，還能是爲什麼！這傢伙是「百鬼夜行」裡唯一的活人，全部妖魔鬼怪的掌上明珠，跑來跟他交朋友後，豈有不調查的道理……闕擎突然有點擔心，「百鬼夜行」裡該不會有人……已經連他的過去都查過了呢？

「呀——」

尖叫聲突然從走廊上傳來，厲心棠嚇得跳起，闕擎第一時間急著想跳下床，卻又忘了自己受傷！

「你不要急！」厲心棠上前立刻撐住他，「我在的！慢慢來！」

「8號房！」護理師的聲音從遠方傳來，聲音裡滿是恐懼，卻沒接近。

「誰都不許靠近！」闕擎大喝著，不得已只能摟過厲心棠，拿她當拐杖了！

「出去左轉。」

厲心棠穩定的攙著他走出病房，左轉後下一間就是8號，闕擎扶著牆站到門前，同時卻將厲心棠推開。

「妳回我房間去。」

「不要。」她堅決的一步上前。

忍耐。闕擎做了個深呼吸，往裡面望去，本該躺在病床上的患者現在不在床上，各個角度也都看不見人，那就只有一個可能性——

「啊呀！」人影倏地從門下方跳上來，一隻手使勁的要竄出窗口，但下一秒就因爲玻璃過硬，發出了骨頭裂開的聲音。

「她來了！她來了！」女人把雙眼瞠到越大，嘴巴也張到最大，五官刻意極致放大到一種扭曲的程度，「帶著死亡來了，她會帶走所有的性命，她回來了！」

「誰？」闕擎冷靜的問著，「會來帶走妳嗎？」

「不……不會不會不會！」女人激動的舉起已扭曲變形的手，「我不要她接我，她是死亡的代表！只要她出聲，就會有人死！」

「報喪女妖？」左手邊的女孩發出了疑問。

「不不不！噓——」女人聞聲激動的掩耳，「妳不能說她的名字！太危險了，妳不能冒犯她，否則就等著死吧，等死吧！」

闞擎看著裡面瘋瘋癲癲的女人，再看著左邊的厲心棠，遠遠的眺向走廊口的護理師，做了一個手勢後，護理師立刻領令的轉身奔離。

8號房裡的燈光驟暗，闞擎重新攙住厲心棠要她帶他回房間，同時8號房的女人驚恐的驚聲尖叫，各種氣體從天花板與牆壁中冒出，吼叫聲漸而虛弱，當厲心棠把闞擎扶上床時，幾乎就沒聽見她的聲音了。

走廊上開始傳來腳步聲與推車聲，醫護急忙的從他門口掠過，厲心棠才想回頭看一眼，門陡然被關上。

「咦？剛剛是怎麼回事？」她跳了起來，想推開門，但不管用什麼方式都打不開，「那個女的在說的是報喪女妖嗎？」

闞擎有些無奈，索性捧著美食先往嘴裡塞了幾口，他眞的眞的完全不想再涉入任何跟鬼有關的事件了。

「報喪女妖是什麼？」

「字面上的意思，出現就會有人死亡，傳聞中有些瀕死之人會瞧見她，一旦看到幾乎必死無疑，或是她突然出現在某個人家，那戶人家也會有人死亡，並不是吉祥的。」厲心棠粗淺的解釋著，「但我聽說一開始這樣的人並不是妖怪，只是一個能感受到死亡或不幸的普通女孩。」

「懂了！這種人絕對會被排擠，也被視為不吉的象徵，畢竟她是來報喪的。」

厲心棠連連點頭，「雅姐跟我說過其中一版故事，報喪女妖其實是叫班西的女孩，在很久很久以前的國外，她因為能感知到誰家會出事，所以傻傻的去說，可能是想警告對方……但一旦人死了，她就成眾矢之的。」

「被殺了嗎？」闕擎輕描淡寫的問，厲心棠立即瞪圓雙眼。

「對！像獵巫一樣把她殺了！還活活燒死她，人們覺得這是殺死惡魔的方式……然後班西帶著恨從餘燼中爬出來，化成厲鬼，奪去了所有村民的生命……包括那個她最愛、去親手放火燒死她的人。」

「咎由自取。」闕擎依然是皮笑肉不笑的說著，「擁有陰陽眼的我，也很能體會這種感受……」

他從小就是被視爲怪物的存在，沒被燒死並不是運氣，而是他自身的「努力」。

厲心棠有點心疼的看著他，她當然知道身爲異數的痛苦，所以闞擎才會這麼孤僻，那種動不動就被魍魎魑魅纏上的生活，她設身處地想過，光想就覺得地獄。

「那就是班西的第一代，她飄盪在人間，只有快死亡的人能瞧見她……或者說，她只是出現在即將被暴力殺死的人面前！」厲心棠想著或許是當初她報復村民時，就是使用殘虐的殺戮法吧！

闞擎的思緒已經飄得很遠，8號房的女性病患也是俗稱的精神分裂患者，她手上有七條人命，那些人都是要加害於她的，所以她始終堅稱是自衛，否則她會被殺死。

在她眼裡都沒錯，精神分裂也是眞的，她體內有惡靈，也只是個被附身的傢伙，看到幻覺信以爲眞，自然大開殺戒，但一般人不會相信這些，最終就是被判終身在療養院中治療，不得回到社會。

五樓的患者幾乎都是他親自處理，那個女人的靈魂已經沒有多少主宰力！他之前已經對她動過手術，切除了腦部組織，已屬於是植物人狀態，這些人要如果突然能動能說話，就全是體內那些傢伙的控制。

從惡魔口中說出的話，可信度不低，因爲被封在人類體內的那些傢伙，若不聽話他可是有很多方法能治他們的，一般都算安分，因此他們不會無故嚷嚷……報喪女妖啊，無論如何，應該都與他無關吧。

「好了，妳可以回去了。」闕擎思考清楚，即刻下逐客令，「不要再來了。」

厲心棠沒回應，站起來就準備離開。

「厲心棠，我是認眞的，我不希望再跟妳或其他人類扯上關係。」闕擎嚴肅的警告，「這些日子來，很多要向妳道謝的地方，但就到此爲止了。」

突然意識到他是認眞的，厲心棠反而有點不安。

「爲什麼要這樣？我可以感受到你跟著我到處跑時也是很開心的啊！而且你也沒有那麼討厭人類對吧？你討厭的是鬼，那些會想纏著你幫忙解決事情的鬼！」厲心棠緊張的走向他，「你知道你可以引流到我們店裡的，我們會幫忙那些遊魂們解決……」

「這就是錯誤的開始，人不該依賴他人解決自己的問題。」闕擎打斷了她的好意，「我想回到原本的生活，請妳尊重我。」

我不要。厲心棠咬著唇，全身都寫著抗拒，但是闕擎的嚴肅正經反而讓她不敢撒潑，她唯一能用的理由都用掉了，可是闕擎並不在乎那些會糾纏他的好兄弟們。

那她就沒有任何藉口了啊！「我……」

還想說些什麼，闕擎默默按下手裡的控制鈕，她身後的門嗶的一聲開啓，向左滑開。

她緊握著雙拳，放棄掙扎，只是忍著快滑落的淚水轉身離開了病房。

走出時，隔壁病房尚在一片混亂中，闕擎緩步走到門口，幾乎是確定電梯聲響起後，他才走了出來。

「闕先生，8號患者已經固定好了。」8號房走出的護理師愼重的報告，「按照劑量她應該要昏迷，但是她的眼睛還是瞪得很大。」

「沒關係。」闕擎溫柔的拍拍他，這個護理師感受到肩上的溫暖，微笑著頷首。

這位護理師有雙全白的眼睛，是個盲人，向來由他負責近身控制或是束縛這些特殊患者；其他的醫護則站在遠處幫忙，一旦近身人人都得緊閉起雙眼，他們不會被任何事物影響，因爲……一個個出事的前同事們已經用生命教會了他們，絕對要聽從闕擎的指示。

療養院裡，所有醫護人員都很清楚，這不僅僅是間普通的精神療養院。

他們關著的，只是擁有人類形體的惡魔罷了！

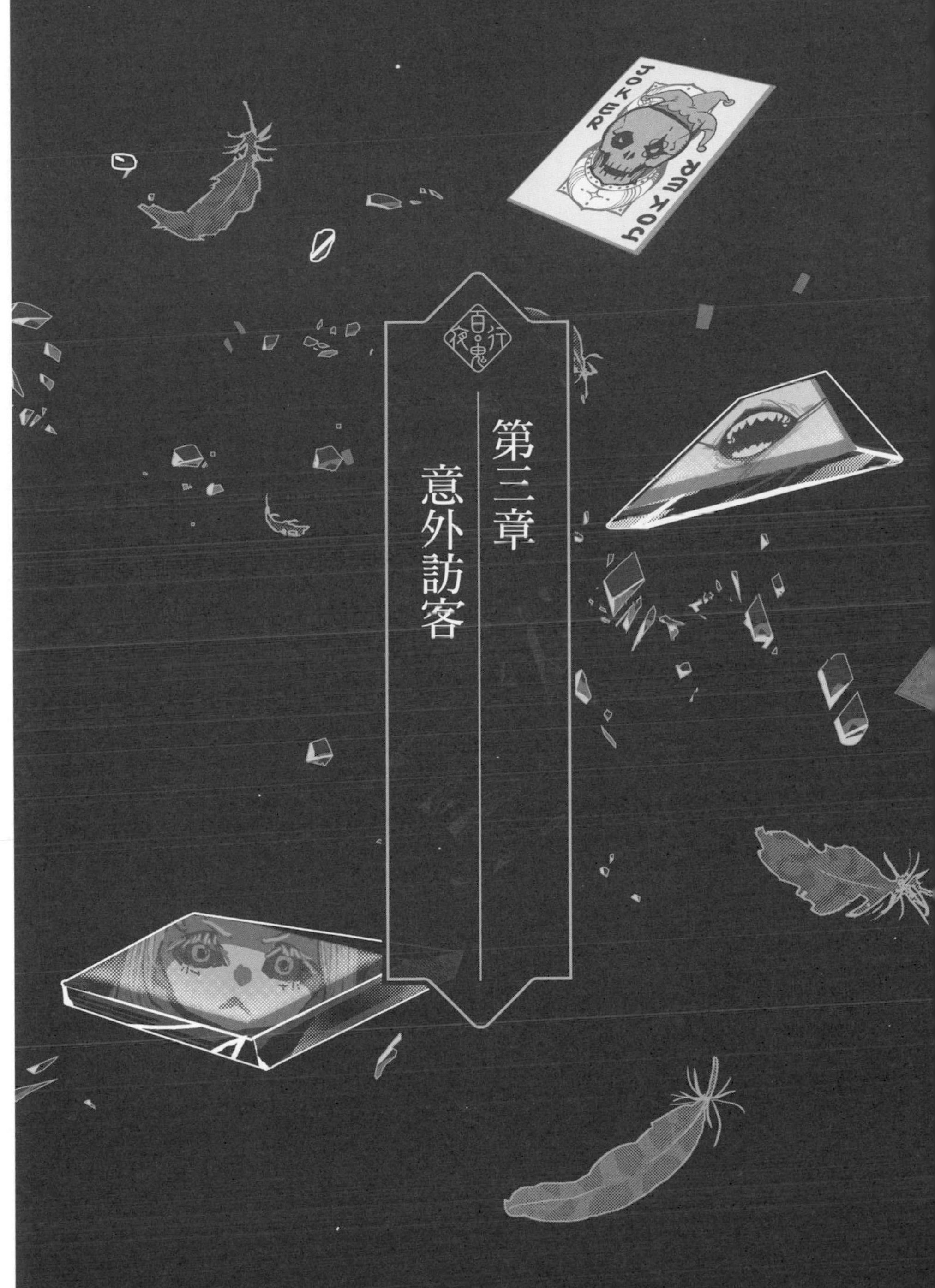

第三章 意外訪客

厲心棠今天心情非常差，整間「百鬼夜行」裡不管是有眼睛沒眼睛或是有很多眼睛的孤魂野鬼及妖魔鬼怪全部都知道。

永遠穿著一身西裝的削瘦身影從內場走出，中性的女人擁有一頭及地長髮，在後頸紮了低馬尾，髮長一路幾乎拖地，她的皮鞋聲總會喀喀作響，身爲夜店經理的她，總會留意店裡各種狀況。

「百鬼夜行」永遠是最熱鬧的夜店，從門口兩個美顏正太接應開始，領位的青面鬼、知名的酒保金髮吸血鬼、穿梭席間的各種死狀的鬼服務生，甚至還有一身和服的雪女，每一位裝扮得幾可亂眞，這也是「百鬼夜行」的賣點。

雖然，他們都是眞的。

「欸，你。」

拉彌亞攔住了一個正路過的男人，他頸間裂了一個大口，左半部上身撕裂開，只剩下幾層皮跟肌肉黏著身體，所以他只能用右手端盤子。

「是。」車禍男鬼停了下來。

「你要注意血的流速，你身上的血不能濺到客人的飲食裡。」拉彌亞交代著，這傢伙因爲酒駕，車子撞進人家貨車底下，身體四分五裂，所以流血量很大。

「啊，好好……我會注意。」他還在把控尺度。

「要讓客戶看到血，但又不能滴進去，懂嗎？」拉彌亞嚴肅的下巴一點，「去吧！」

車禍鬼似懂非懂的點點頭，他才剛來，一切還在學習中。

雪白和服的雪女優雅的迎面走來，紅唇嫣然一笑，「我們棠棠今天出去一趟後，回來就一副世界末日的樣子。」

「去找闕擎了吧！這世界上就一個人會讓她這樣……」拉彌亞看著剛上飲料就打翻的厲心棠，正急著道歉跟收拾桌子，「老大不知道怎麼想的，我也覺得不該讓棠棠跟那傢伙那麼近。」

「我怕晚了。」雪女纖手在空中一比劃，她掌心裡就出現一塊愛心形狀的冰塊，「棠棠早晚會喜歡人的，我們都要面對這件事。」

是啊，她是人類啊。

她會有喜歡的人，可能會走在一起，結婚生子，甚至……拉彌亞驀地用力握拳，帶著強烈的感傷，她其實不太敢去想，關於人類壽命有多短暫這件事。

「歡迎光臨百鬼夜行！」金髮純真的美顏小正太從金色屏風處走出，高聲喊著。

矮小猙獰的青面鬼們領著客人走進夜店，此刻店裡播放著輕音樂，客人們或聊天或吃東西，非常愜意自然，現在是晚上十點多，等等十一點才會有ＤＪ上場，引領全場熱舞。

厲心棠剛好在門口附近，回身就要準備接待客人……嗯，她幾分遲疑，走進的這位客人看上去狀況不太好啊！

胡眞心頂著一頭亂髮，皺折的襯衫加牛仔褲，走路是拖著進來的，看上去非常疲憊，頂著黑眼圈，像是幾天幾夜沒睡的疲憊。

「一個人嗎？」厲心棠微笑著迎上前。

「啊？」女人有些恍神，點了點頭，「我想喝酒！越多越好……最好能讓我喝到掛。」

嗯？這位姐姐感覺就已經快掛了啊！她看上去非常虛弱，而且陰氣好重，跟店裡的員工相差不遠，有種一隻腳快踩進棺材裡的感覺！

厲心棠連忙將她安排到吧台邊，雖然她的虛弱程度坐包廂比較好，但包廂已經客滿了，實在騰不出地方，只能到吧台邊挪一個較寬的地方讓她坐著，再找拉彌亞求救。

「給我來一打酒。」胡眞心坐上高腳椅，立刻對酒保說著，「越烈越好。」

吧台裡的金髮男人回首，藍色的眸子裡閃過一絲訝異，「這麼漂亮的臉，實在不適合這麼沮喪啊！」

「你懂什麼啊！我再不睡我要瘋了！」她雙手抱頭，揉亂頭髮，痛苦的低下頭，「我眞的想睡覺……我眞的……」

一臉死白的女人走近了吧台邊，她穿著素淨和服，坐到了胡眞心的身邊。

「如果妳眞的睡不著，那就算灌下一打酒可能也無法睡喔！」女人輕柔的說著，用零度的手輕輕觸碰著她的背。

感到一陣透心涼的寒冷，胡眞心顫著身子往右躲閃，抬起頭的她用滿是血絲的雙眸，看著身邊面白如紙的女人，感受著四周冰冷的空氣。

「……雪、雪女？」她牙齒打顫的說著。

「百鬼夜行」最有名的就是服務生全部打扮成鬼怪模樣，她早就知道，但是怎麼可以連體溫都低成這樣，光是她現在碰著她的背，她就凍到要發抖了。

「第一杯酒本店請客，還是吃點熱的吧！」雪女微微一笑，指尖離開了她的背部。

「發生什麼事了嗎？」一旁的厲心棠插嘴，「妳看上去挺不祥的！」

棠棠！雪女立即瞪圓了眼，她又這樣了！店裡規定所有妖魔鬼怪都不能插手人類事務，在店裡更是不得對任何人出手，否則何以店裡這幾位孤魂野鬼的服務生，每雙眼睛都貪婪的看著這個行將就木的女人卻不敢出手！

抓交替就要抓這種運勢低情況差的，但是店裡不許獵捕人類，根本沒人敢動作啊！

但，厲心棠是店裡唯一的人類員工，不在此限。

「妳……妳知道？」胡眞心一雙眼睛裡盡是淚水在打轉，「妳看得出我不祥嗎？」

胡眞心急著想跳下高腳椅，卻不穩往前傾，雪女飛快閃離，朝德古拉扔了記眼神，看看棠棠，才消停幾天又要管閒事了。金髮俊男不置可否，反正棠棠的性子是管定了，勸說無效。

在胡眞心摔下來前，厲心棠趕緊坐到雪女剛離開的位子上攙住她。

「妳看起來很不好啊，覺得隨時要崩潰的樣子。」

「我……我不是故意的！」胡眞心雙手緊緊握住厲心棠的雙臂，「我是眞的快瘋了，從看到她復活之後——」

嗯？幾乎整間店的員工都停下了手裡的動作兩秒，豎起耳朵專心聆聽。

「復活？」厲心棠也驚了一下。

「對，有個人溺死了，躺在停屍間，還是我預定要洗的大體……」胡眞心緊皺起眉，「但是她就這樣坐起來了！」

「妳是遇到……惡作劇了吧？」厲心棠試圖緩解。

「不是不是！那個人是倒栽蔥掉進河裡淹死的，法醫都驗過了！但是她就是活過來了……」胡眞心忽地一顫身子，雙手掩耳，「然後我耳邊一直傳來不停的哭聲跟尖叫，我無法入睡，我眞的沒辦法——」

她幾近崩潰的哭喊著，德古拉眼角瞄了眼，動作立即熟練帥氣的開始調起酒來。

「妳聽見什麼？直接傳進大腦裡嗎？」厲心棠扶穩她焦急的問。

這問得太專業，讓胡眞心登時抬起頭，瞪圓著眼看她，點了點頭……「對對，妳知道、妳知道那種感受嗎？尖叫聲、哭聲，有時又在唱歌，還有漫天的烏鴉叫，那不是我遮住耳朵就能解決的！」

男人將搖杯裡的藍色液體倒進杯中，輕輕的朝杯子裡吹了口氣，呼……杯裡的酒登時成了黑色，另一旁吧台的女客人看得如痴如醉，驚叫連連，以爲是魔術！

「烏鴉？」厲心棠有點緊張了。

「對……因爲她是被烏鴉叫醒的！」胡眞心拼命點頭，「那天窗戶上都是烏鴉，他們不停的嘎嘎嘎嘎，然後那個女生就復活了——」

厲心棠凝視著胡眞心，左手卻早已打直接過德古拉遞來的酒，自然的擺到胡眞心眼前。

「第一杯，店裡請客，這杯是……」她問向了湊近的男人。

德古拉都還沒開口，胡眞心二話不說接過便一飲而盡，酒杯才放上桌，她整個人瞬間就癱軟，倒在了厲心棠的大腿上。

哎呀，速度眞快，德古拉聳了聳肩，「一夜好夢。」

胡眞心醒來時，有種魂不歸位的迷茫感，她連自己身在何處，姓啥叫誰都有幾分鐘想不起來，只覺得好累，嚴重的虛脫。

伸了個懶腰，她吃力的撐起身子坐起，發現自己身處在一個兩坪大的房間裡，她睡在一張沙發上，整間房間都是深紫色的，一桌二椅，一台電視跟這張沙發，其他什麼也沒有。

桌上有水，透明水壺加上杯子，上頭還貼著便條紙寫著「請用」。

胡眞心當下灌了半壺水，又有種活過來的感覺。

「這是哪裡？」撫著頭，她是喝到斷片了嗎？她昨天昏昏沉沉的來到「百鬼夜行」，就爲了要找人幫她──「百鬼夜行」！

對啊！她進了「百鬼夜行」！

她趕緊回身找到自己的皮包，不忘打開檢查裡面的東西都沒掉，手機已經沒電，結果她又沒帶充電……線……才在想著，剛剛只有水壺跟杯子的桌上，不知何時出現了充電線。

胡眞心抓起插頭，這個剛剛是放在這裡的嗎？她怎麼沒什麼印象……但沒有遲疑多久，充電要緊，她才剛充上電，門外就傳來敲門聲了。

「請進！」她說得太自然，導致一說完即刻尷尬的掩嘴。

「打擾囉！」厲心棠探出一顆頭，接著以肩頭推開門，手裡端著豐盛的早餐，「也不確定您有沒有什麼不吃的，這是簡單的輕食早餐。」

「噢……」胡眞心一時受寵若驚，「我、我不知道……」

「不必擔心，這裡是百鬼夜行，妳在這裡睡著了。」厲心棠將早餐放上桌子，「先吃點東西吧。」

她果然在「百鬼夜行」。

「我有重要的事需要你們幫忙，那個……老闆，還是……」她頓住了，她該找誰？能找誰？阿婆沒有說啊。

「我知道。」厲心棠讓她坐下，「放輕鬆，有什麼事吃飽再說，妳氣色很不好，要多補補。」

氣色啊……胡眞心垂下眼眸，她都幾個月沒睡了，氣色怎麼可能好？基本上吃也不正常，一個人不睡覺，是眞的會發瘋的！

再三道謝後，她便不客氣的吃起眼前的三明治及生菜沙拉，興許是眞眞正正睡了一覺，她突然覺得這些食物眞是太美味了！厲心棠沒有打擾她用餐，她放下餐點後便離開，等客人差不多吃飽後才進去。

這幾天，有些地獄的客人也在抱怨，莫名其妙多死了許多人，因爲時候未到，全變成遊魂在人世晃盪，才過來想請「百鬼夜行」幫忙留意，看要不要來場合作案。

突然死亡的人，加上在療養院聽見的報喪女妖，讓厲心棠有了奇怪的想法。

「眞抱歉，我對昨天實在沒什麼印象，我因爲精神已經不集中了，如果有做出什麼出格的動作……」

「三天，妳睡了整整三天。」厲心棠坐了下來，「睡飽了，現在應該好多了吧？」

胡眞心愣住了，她是眞的定格，先看著厲心棠，再立刻轉身衝向沙發邊的手機——她睡了三天!?那大家不是找死她了!?

果然手機一開機，就是沒完沒了的訊息跟未接來電，厲心棠耐著性子等她解釋跟回完訊息。

「對不起……我眞的沒想到睡這麼久……」胡眞心回到位子上時，腦子其實還很混亂，「但我眞的很謝謝你們，讓我紮實的睡了一覺。」

「現在還聽得見尖叫聲跟哭聲嗎？」厲心棠用指尖點了點自己的頭。

胡眞心又一怔，這個她也說了嗎？「沒……咦？對！沒有了！」

「那好。」厲心棠把不知何時的咖啡往前推，「要跟我說說發生什麼事了嗎？」

胡眞心無暇去思考咖啡是什麼時候出現的，現在的「百鬼夜行」就像救命稻草一樣，她一股腦兒說出在殯儀館內見到的死者復活、再到自己聽見哭聲與尖叫聲，完全無法入睡，就算累到快睡著，也會看到可怕的殺人場面。

「妳百分之百確定那個人死了？」

「確定，我本來就預計要洗那具大體的。」胡眞心斬釘截鐵，「只是高中生而已，而且那天家屬還在外面大吵大鬧我都記得……但只有我記得。」

「妳有回去找那個女生的線索嗎？」

胡眞心搖了搖頭，「我有想過！我先發現沒有人記得她死亡，那天在殯儀館的糾紛像是夢，也沒有她的驗屍報告，根本沒有她的屍體……所以我想去找那間學校求證，結果我就開始聽見聲音，這嚴重影響我的工作跟精神，唉……」

厲心棠默默在本子上記下關鍵訊息，接著突然想到了什麼，「妳說那個少女復活是什麼時候，還記得嗎？」

「怎麼可能不記得！三個月前的事！六月十二號我記得清清楚楚！」胡眞心說得斬釘截鐵。

可是8號房的患者喊話，也只是幾天前的事而已，地獄來的客人抱怨，也是前兩週，時間都對不上啊！厲心棠咬著筆桿，還是將重點記下。

「制服是哪間學校還記得嗎？」

「不知道，但很好找！因爲我知道她是在哪座橋淹死的，推斷轄區，再從該地區的高中去找就可以了。」胡眞心拍拍胸脯，「這個我做得到，我消息很靈通。」

「喔，好！那妳找到後跟我說，我陪妳一起過去看。」厲心棠自然的拿出手機，跟胡眞心加好友。

但這時，胡眞心卻遲疑了。

「呃，我想先請教一下費用。」她正襟危坐，突然變得嚴肅客氣。

「費用？」厲心棠也愣了，「什麼費用？」

「欸，師父出面處理事情，都是要費用的，規矩我懂。」胡眞心認眞的說著，「但請看在信女我眞的資金有限，但我又不知道被什麼纏上，眞的請師父大發慈悲，救苦救難——」

「我不是什麼師父啦！我只是想幫幫妳而已！」厲心棠連忙阻止她繼續說下去，「就是之前也遇過好兄弟什麼的，所以……至少可以幫妳看看。」

胡眞心傻了，她以爲……這裡的人有辦法幫她耶！「沒有師父什麼的能幫我嗎？」

「呃，我們這裡是夜店耶！」厲心棠皺起眉。

「但是那個阿婆告訴我有事就來……百鬼夜行的。」胡眞心有些慌亂，因爲她不覺得眼前的女孩可以幫她解決這件事。

這事很邪門，她用腳趾頭想都知道！

「誰介紹妳來的？」厲心棠可驚訝極了，居然有人會介紹人過來？

「一位阿婆……」胡眞心沒敢說下去，如果說是殯儀館裡的亡者，聽起來未免有點瘋。

「該不會是亡靈吧？」彷彿一眼看出她的遲疑，厲心棠回應得自然，「這就正常，我們這裡很多亡者遊魂會過來的！」

「咦？爲什麼……妳也看得見嗎？」胡眞心上前就握住了她的雙手，「所以妳就是那個高人吧！妳只是謙虛，所以不想給我太大的希望！沒關係，只要妳能幫我的話……」

「喂喂喂，我眞的沒有啦！我也不是那種隨時能見到鬼的人……這說來話長，總之我可以先幫妳看看狀況！」厲心棠連忙把手抽出來，「我叫厲心棠，妳叫我棠棠就可，海棠的棠。」

「我……我是胡眞心，古月胡，一片眞心的眞心。」她趕緊坐直身子，「接下來要怎麼做，還請師父明示。」

我的天哪！厲心棠覺得頭疼，這位胡小姐未免也太太太認真了吧！

「叫我棠棠就好，我就是個普通的大學生。」她嘆口氣，「先找出那所高中！」

「對！」胡眞心坐回沙發邊，趕緊用手機查詢。

幸好她的記憶沒有減損，那身制服她記得清清楚楚，只要設定範圍，多搜尋幾次，就能找到那間學校。

厲心棠先往外走去，一出門，拉彌亞就已經在外頭了。

「妳有看出什麼嗎？」她小聲的問。

「她身上不太對，妳要小心……可別眞的是報喪女妖。」拉彌亞略挑了眉，「不找闕擎一起去？」

提起闕擎，厲心棠的臉色立刻有點彆扭，「不必啦，我自己可以，從他那裡也學到很多……你們也教我很多了。」

「但我們沒辦法教妳怎麼驅鬼或是抵禦厲鬼的攻擊，畢竟這裡對妳而言是溫室。」拉彌亞實話實說，厲心棠就是被妖魔鬼怪慣大的孩子。

「但闕擎教過我。」她心情當然不太美麗，「他不想再跟我、你們、其他人有瓜葛，希望回到認識我之前那種一個人的狀態。」

嗯哼，拉彌亞從鼻孔裡哼氣，一臉不置可否的樣子。

「就是你們常常沒經過他允許就跑去療養院找他，把他惹火了！」厲心棠咕噥著，「對了，妳知道他不是義工耶，他是那間療養院的……院長？呃，所有者。」

拉彌亞的神情微斂，輕輕喔了聲。

這樣許多事就變得更合理了……所以他是長住在那兒啊！屋外那麼多結界，原來是爲了防止一堆孤魂野鬼往裡跑，看那些符文咒法……闕擎這小子懂得還不少，經驗値看來頗高。

「要是棘手就放棄，知道嗎？」拉彌亞知道阻止無效，只能做最低限度的警告。

「知……知道。」她拉長了音，顯然是敷衍，「幫我招呼一下她，我上去收個包。」

轉身愉快的往三樓跑，她得去收拾一下背包，尤其是最最重要的置物櫃鑰匙——那裡面可是放滿了跟驅鬼有關的法器跟護身符！

在滿是鬼的店裡她不能戴，所以東西都擺在外頭的置物櫃！她可是跟最近認識、驅鬼很有一套的唐家姐弟買了不少呢！

「找到了！」客室裡的胡眞心放大再放大，已經迅速的找到了該所高中的位置，「就在那附近十公里以外的蘭庄鎭！」

一抬頭卻發現門口站著的不是剛剛的那個大學生，而是一位嚴肅的西裝男……女人？

「您好，我是百鬼夜行的店經理。」拉彌亞皮笑肉不笑的說著，「我聽說是幽魂引導妳過來的？妳也看到了死人復生？」

胡眞心緊張的點點頭，這位店經理給人的壓迫感好強啊。

「您……很有趣。」拉彌亞打量著她，「身上沒有什麼虛弱感，但是卻有著很重的陰氣跟死亡氣息纏繞著。」

「我嗎？」胡眞心低頭看著自己，「我陰氣很重，是因爲我被被什麼纏上了？」

「不是那種陰氣很重……應該說，這些是外在的，不是從妳體內散發而出的。」拉彌亞甚至能聞到氣味，「死屍的味道。」

「因爲我有兼職洗大體，我也常在殯儀館出入，也是在裡面時，遇到一個阿婆告訴我有事可以來找這裡求助的。」她咬了咬唇，「在裡面工作，只要心懷敬意，偶爾看到那些其實都沒什麼害處的。」

哦，原來如此，所以她身上的陰氣是接觸時帶過來而已，居然是從業人員啊！

「眞是失敬，您是修復師？還是？」

「啊……沒啦沒啦！我沒那麼厲害！就是兼點外快！」胡眞心有點靦腆的站了起來，「我是哭喪女。」

男人推著推車，一邊走著一邊不時回頭，像是在提防誰跟蹤他似的神經兮兮，搞得身後的人覺得他有問題似的，紛紛走避；男人正首後，迅速的從菜架上拿了兩包青菜，趕緊加快腳步往前衝。

他還要再拿雞肉跟牛奶，然後就要快點回去……喝！再次轉頭留心查看四周，就怕被誰跟上。

都是學生害的！接應了逃到首都這來的學生，從她口中知道上一個工作地點的蘭庄出事，而且有個陰沉學生正到處找人報復，搞得他膽戰心驚！雖說已經兩個多月了，感覺像是風平浪靜，但越平靜越反而叫他心荒……他總覺得，那個李芝凌不會輕易放過他們的。

將牛奶瓶放進推車後，他趕緊推到櫃檯處結帳，所有人對他那種緊張的模樣投以側目，連店員都忍不住詢問他是不是發生了什麼事。

「沒事！沒事！快點幫我結帳！」他催促著，整個人卻慌到不行。

店員本想著要報警，但最終還是秉持著多一事不如少一事的想法，趕快幫這個神經病客人結完帳就好。

男人拎著提袋一路衝向自己的房車，還因爲慌亂之下解不開防盜鎖，接著整串鑰匙掉在了地上。

一隻手率先幫他拾了起來。

咦？男人緊張的抬頭，發現眼前是個高瘦男子，五官冷峻，黑色前髮幾乎遮去他的眼睛，略顯蒼白的臉龐正望著他。

「葉文石先生嗎？」下一秒，拿著他車鑰匙的男人準確的說出他的姓名。

「咦？」葉文石一把搶過鑰匙，慌得想衝到車邊。

「喂，葉先生，」闕擎一把拉住了他的衣服，「我有鄭湘瑤的事要問你。」

咦？鄭湘瑤？葉文石戰戰兢兢的轉過頭，緊張的看著闕擎，「什麼？」

「是，我是平靜精神療養院的人，我發現她的許多病歷跟資訊不齊全，我需要完整的資料。」闞擎覺得這傢伙有點怪，「還有，我們還沒百分之百確定收她，都要等正式審核資料後再說。」

「啊……那個，我會再傳給你們相關的資料。」葉文石恢復了冷靜，「她只是輕症，需要一段時間的休養，按照處方定時給藥，應該就可以了。」

「我們不收輕症患者……我知道醫療體系的運作，我最多就收到幾個月，她就得離開。」闞擎凝視著葉文石，「我們那裡不是避難所。」

什麼!?葉文石頓時瞪大驚恐的雙眼，這個人在說什麼!?他、他難道知道……

「我不管你們是什麼原因，我一眼就知道她不是眞的精神病，最多就是精神衰落，或是你們在躲著什麼！」這種案例已經多到令他厭煩了，「我不管她人生多慘，遇到什麼困境，時機一到我就會簽轉院，到時你們最好已經想好辦法——我是會把人扔出去的。」

「什麼?不行啊，他們都是患者，你不能做這麼不人道的事！」葉文石突然扳起臉孔，恢復成一位精神科醫生的模樣。

「我們療養院從不人道。」闞擎逼近了他，「我特地過來找你，是警告你愼選患者，我發現你還有幾個想塞進來的，鄭湘瑤的案子沒補齊前，我不會理你，也暫停合作。」

闕擎順手把一疊複印的病歷塞在他身上後，轉身就走。

「喂，我會去投訴你的！」葉文石氣急敗壞的喊著，「你們沒有資格當醫院！」

那間療養院是個偏僻又門禁森嚴的地方，他才把鄭湘瑤塞進去的……得想個辦法先通知她，必要時她必須裝瘋賣傻，否則會待不下去！

握緊鑰匙回身走向車子，卻赫見車旁站了一個女孩。

女孩一身白色棉麻洋裝，乾淨清爽的就站在他車旁，衝著他綻開笑顏，「好久不見，老師！」

喝！一股寒意直襲而來，闕擎停下腳步，看著一大片烏鴉在空中盤旋，幾乎遮去了所剩無幾的夕陽，地面上所有車子與路燈的影子突然自動延展，拉得又長又黑，直到幾乎遮蔽了所有路面與牆面。

人們照舊移動，超市門裡走出來的人們都失去了影子，但無人察覺，闕擎也就默默的往超市移動，假裝拿出手機要講電話似的，轉身往停車場的方向掃去。

烏鴉在空中繞成了一個漩渦，漩渦下的中心點，就是葉文石的位置——不，是他跟前的一個白衣少女！

「老師，很抱歉來跟你報喪了。」女孩禮貌的朝老師頷首，「你家即將有喪事，好好準備著吧。」

「不不——不！」葉文石突然就跪下了，抓住女孩的手，「我求求妳放過我，不要這樣，我什麼都沒做啊！」

這場面引起了眾人側目，但葉文石不在乎，他哭著跪求，而站著的少女更不在意，她睨著跪地求饒的男人，嗤之以鼻。

「就是因爲你什麼都沒做。」女孩跨過了他的身子，從容離開。

雪白的身影在黑暗中特別顯眼，女孩長得非常非常漂亮，具有一種空靈之美，路過的人也都忍不住多看幾眼；而闕擎避開眼神，朝地面看去，依舊假裝在講手機。

少女有著一頭過臀的長髮，部分長髮長至拖地，但他篤定一般人看不見那些拖地的長度。

更看不見那些頭髮上繫著的一顆顆乾癟頭顱，宛如新婚夫妻車後綁著的鐵罐，一路叮叮咚咚鏗鏘，隨著少女行進的方向往前走去。

烏鴉與地面上的影子都跟著少女移動，她離開停車場後，所有光線都恢復正常，人與車與樹都重新擁有了影子。

闕擎很想猜那是什麼東西，但是有四個字偏偏浮現在他腦海裡——

報喪女妖。

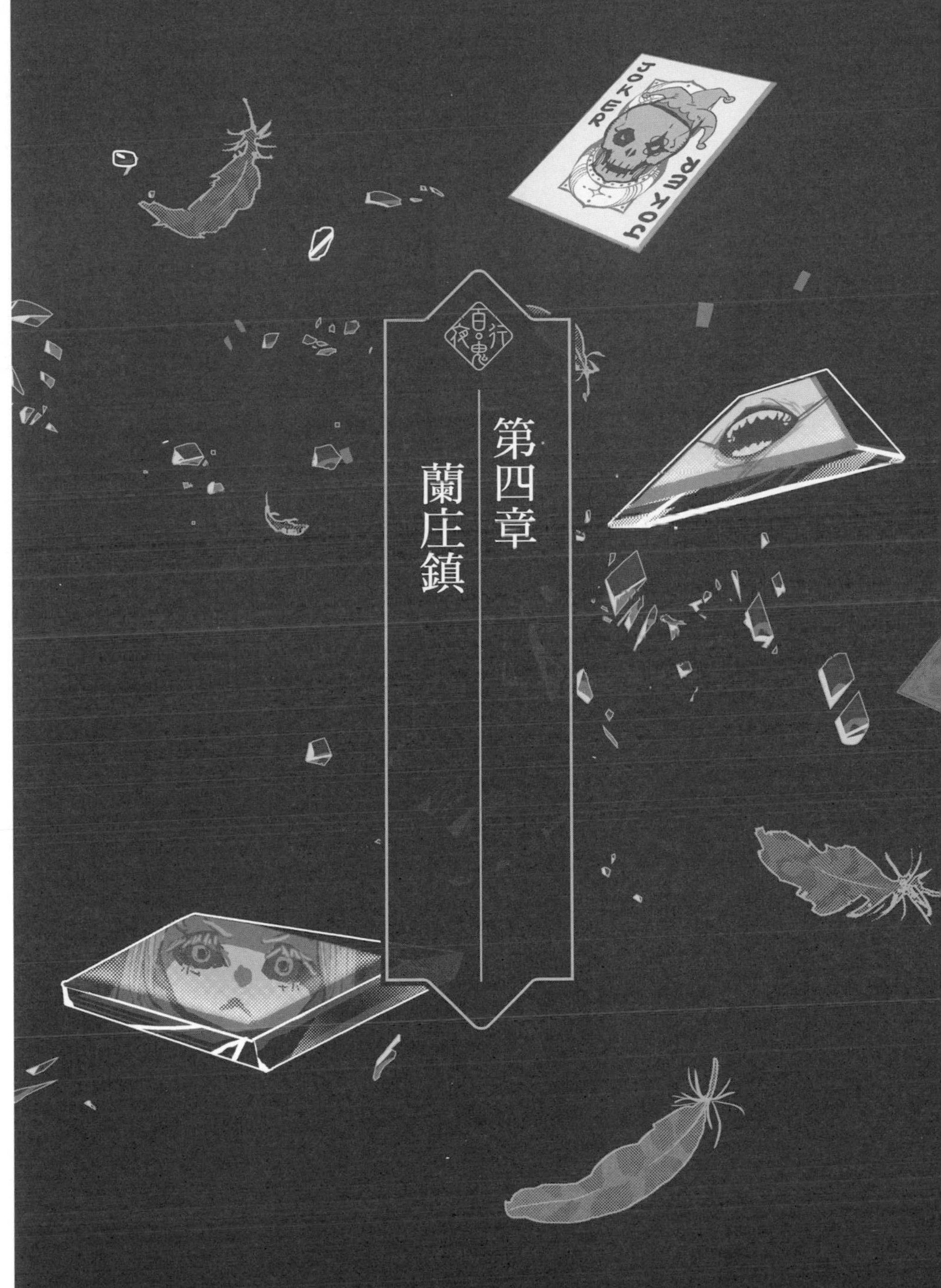
百鬼夜行
第四章
蘭庄鎮
JOKER

胡眞心，二十七歲，職業哭喪女，另外兼職送外賣、清洗大體、禮儀師，畢竟十幾歲就進入了這行，此生也就跟死亡行業難以脫勾。

在這行十年了，什麼事都遇過，也看過聽過感受過，但她抱持尊重都相安無事，身上佛珠護身符可一點都不少，這些都只是以防萬一；她生活兢兢業業，努力奮鬥，人生就是爲了幾毛錢在奮鬥不是嗎？

她也荒唐過，但都已經付出代價了！自認沒做虧心事，但爲什麼偏偏就撞見這麼離譜的事情！死人復活，復活之後大家記憶均被改變，卻只剩她記得。

「這間學校好偏遠喔……妳怎麼會到這裡來？」

厲心棠坐火車坐到腰酸背痛，整整七個小時才抵達車站，正在月台上做伸展運動。

「因爲我就住在這裡……從這邊再騎車一小時啦！」胡眞心連忙拉著她出站，「快點，阿龍已經在等我們了！」

「……妳能找到我們店也眞是千里迢迢耶！」厲心棠突然覺得佩服起來，眞有心！

她們從首都坐火車過來要七小時，等等還得轉機車再騎四十分鐘才能到那個鎮，這樣都能讓胡眞心跑到首都找到店裡，還不有心？

「因爲我都快死了啊，妹妹！」胡眞心一邊說，一邊用掌跟敲了一下頭，「我現在還是聽得見哭聲啊！」

基本上一走出那間「百鬼夜行」，她又都聽得見了，只是沒那麼強烈，而且睡滿三天感覺睡得挺飽的，精神恢復許多，剛剛在車上還是有睡著，某方面來說阿婆眞的沒有亂說，找「百鬼夜行」就對了。

走出車站，一個黝黑但算性格的男人已經在外面等著她們，雖然很多鬍渣但不會太邋遢，這位就是胡眞心的樂師夥伴之一。

「這是棠棠，這位是阿龍。」胡眞心簡單介紹，「棠棠，我怕我騎到一半出狀況，妳給阿龍載。」

「妳少在那邊烏鴉嘴，會出什麼狀況！」阿龍不高興的抱怨著，「妳眞的跑去首都我服了妳了！欸，她是不是跟妳說什麼死人復活的事？」

厲心棠尷尬的接過安全帽，覺得不宜插話。

「你閉嘴啦，不幫我就不要在那邊五四三。」胡眞心發動機車，「走，去蘭庄！」

「去這麼遠……我要加油咧！」阿龍碎碎唸著，「上來。」

厲心棠聽話的上車，想著還有四十分鐘的路程，就覺得心更累；K縣幾乎都是好山好水的風光，以農業爲主，也沒有什麼工廠，不過剛剛下車的站還是屬於K縣的市中心了。

離開之後，一路都是一望無際的綠色水田，機車在塵土飛揚的路上馳騁，天氣再熱也突然覺得舒服很多；接著車子往山上走，景色就成了小溪與綠樹，漸漸的，遠方的烏雲變得有點深沉，風開始有點寒冷，還有……

厲心棠看著飛掠而過的景色，在兩旁的樹林間，有無數黑影在移動。

「慢！慢——」她趕緊出聲，「騎慢一點！」

「胡眞心！」阿龍吼著，前方的紅色機車閃了紅燈，減速讓阿龍騎到旁邊，「慢啦！」

「停車好嗎！停下！」厲心棠說著，阿龍狐疑的煞車。

她跳下車，先舒緩O型腿的不適，開始前後張望，這條路上幾乎都沒有車，下方河床裡的水幾乎都乾涸了，岸邊還有許多死魚，發出腐臭的氣味……再看著兩旁的植物，生氣頹喪，都轉成綠褐色。

往右上看去，則是山壁及密林，視線逼人，她幾乎確定有東西在注視著他們。

「好臭喔！什麼味道？」胡眞心摘下口罩喝水時，就聞到了氣味。

「河裡的魚都死了，沒水了。」厲心棠指向下方的溪谷。

「……不對喔！」阿龍遲疑的抓著一棵樹，試著再往下看多一點，「這味道不像是魚死掉的味道捏！」

他們兩個也見多了，這味道有點像是大型動物腐爛的味道，不是區區魚蝦。

厲心棠往前看去，肉眼可見的遠方約一百公尺處，是個隧道。

「為什麼這條路都沒人走？」厲心棠狐疑。

「也不是沒人走，就現在比較少人，穿過前面的山就是蘭庄了！大家進出幾乎都靠這條！」阿龍笑了笑，「妹妹，這邊不是首都，出門就有捷運捏！」

她才不是那個意思，她前後張望了一下，「好歹也要有車出來吧？」

「嗯……可能現在剛好沒有人進出，蘭庄又沒多少人！」胡眞心聳了肩，「快點吧，我怕等等就天黑了！」

她緊張得很，因為她們五點半搭火車，到K縣已經中午了，等到達蘭庄都下午一點多了，天曉得這位棠棠要處理多久，還得算離開的時間！

「那隧道長嗎？」厲心棠望著那隧道，若有所思。

「嗄？是不長啦，就也一百多公尺……」阿龍看著她嚴肅的表情，也開始覺得怪，「是怎樣嗎？」

厲心棠搖搖頭，重新上了車，「等等一直騎都不要停下來，我想趕一下時間。」

「謝天謝地喔！」胡眞心暗暗翻了個白眼，這妹妹不停下來他們早就到了啊！

機車一路往前，厲心棠開始感受到恐懼遞增，有許多人尖叫不停的聲音傳來，或許自幼生長在鬼堆裡，或是天生的，總之她可以感受到亡者強烈的情緒。而現在傳遞過來的，不只是一個人，男女老少都有，驚恐與錯愕，太多人了！

隧道越來越近，厲心棠抓著桿子的手更緊，陰風颼人，她其實強烈的感覺這裡不能進，絕對不能——

機車進了隧道，這隧道短到在入口就能看到出口的亮光，灰色的牆上是一大片一大片的血跡，兩旁站著一整排面無表情的人們，他們紛紛舉起左手，指向了他們剛騎進來的方向。

『出——去！』

『離開這裡！』有個女人驟然衝過來，撲向了厲心棠，『快點回頭！』

哇！厲心棠下意識的想要閃躲，人往左邊下腰，阿龍嚇得穩住機車，差一點就失去重心了。

「妳幹嘛啊！很危險耶！」他緊張的騰出手反手將她拉住，「別嚇我啊！」

機車就在蛇行中，出了隧道。

厲心棠回穩後緊張的直接揪住阿龍的衣服，她回首看著越來越遠的隧道，心中一片混亂，這麼多死靈在裡面，盈滿焦急、尖叫、痛苦，還有各種的不可思議！

隧道後也是一樣的景色，馬路、綠樹與溪谷，不一樣的是可以看見遠處有較高且集中的建築物，應該是學校跟各種機關所在。漸漸的也出現了許多屋子，每一戶相隔都有段距離，但家家戶戶幾乎都是一二樓透天厝，腹地都相當寬廣。

騎在前頭的胡眞心明顯的減速，車尾紅燈亮著，她蹙起眉，微微摘下口罩……剛剛在隧道外聞到的腐臭味在這兒更加濃了些，整個空氣幾乎都瀰漫著腐敗味。

「這裡很不對勁啊！」胡眞心回頭說著，「好像出什麼事了！」

「要先問問嗎？」阿龍張望著，事實上一路騎下來，幾乎都沒有人，「前面就有一戶。」

胡眞心頷了首，騎車靠左，左邊有戶人家，獨棟老房子，大門未掩，車子一進庭院就看到一地的亂，不只是垃圾亂丟，滿地都是花盆、家具，甚至還有外送員的保溫箱！

「你們不要亂動。」厲心棠一馬當先跳了下來，隨手在院裡撿了個斷掉的桌腳，小心翼翼的靠近門口。

「等等等等！」胡眞心拉住了她，「妳一個人進去？不好吧？」

厲心棠看了她一眼，「妳跟在我身後，阿龍把風。」

阿龍被她們兩個的舉動搞得渾身發毛，一邊點頭，一邊決定拿起手機，按出報警電話，隨時準備報警。

這戶人家的門虛掩著，厲心棠謹愼的推開門，裡面是怵目驚心的紅，整間屋子裡到處都是噴濺血跡，甚至在牆上還出現了駭人的血手印。

「我的天哪……報警！阿龍！」胡眞心在裡頭喊著，外面的阿龍即刻照辦。

『不……不不不！』

厲心棠打了個寒顫，她感受到強烈的痛苦與懊悔，自責感侵蝕著理智，她往屋內其他地方移動，看見的一樣是處處血跡，而且還有許多拖曳痕跡，傻子都知道這裡曾經發生了慘烈命案。

「妳到我後面吧！」胡眞心突然將厲心棠往後拉，哪有叫小妹妹擋在前面的道理。

「我沒關……」話都沒說完，她直接就被拽到後方去了。

眼下混亂一片，血跡早成深褐色，灰塵遍布，看得出很久沒人踏足了，或許……她是說或許，屋子裡早就沒人了。

兩人走到廚房，令人作噁的臭味撲鼻而來，「噁！」

隔著口罩都可以聞到味道，一屋子的菜跟食物早就都腐敗了，蟲跟蟑螂爬來爬去，對於突然到訪的她們二人也視若無睹。

洗手槽裡放了一把帶血的菜刀，雖然血也早就變色乾掉，但是還是可以看見整把刀早已失去光澤，上頭幾乎染滿了鮮血，最可怕的是刀刃部分處處缺角，這是拿去剁什麼了嗎？

「這太噁心了！是拿這把刀去剁人骨嗎？」胡眞心曲起左手，把口鼻埋進自己的手肘中，這味道實在太衝鼻！

厲心棠視線落在一旁的側門，風吹得那紗門喀喀作響，她挪動腳步，往後院走去。

『我不是故意的！啊啊啊……救我！救救我！』女人的悲泣聲傳來，同時在廚房裡的胡眞心又打了個顫。

「啊！」她再度用掌根敲著腦袋，她又聽見哭聲了。

厲心棠望向後院，再看看她，她們兩個是不是聽見一樣的哭聲了？

「是一個女人在哭嗎？一直喊著她不是故意的？」厲心棠提出了疑問。

「咦？」胡眞心詫異回頭，「是……是個女人在哭沒錯，但我沒聽到說話聲，喂，別嚇我啊！」

嗄？厲心棠有點無力，都看過死人復活又聽著哭聲三個月的人，應該也差不多要被嚇麻痺了吧？

她推開了那扇紗門，後方草叢雜草叢生，堆滿一堆雜物，盆栽業已東倒西歪，看不出什麼所以然；可是哭聲太明顯，悲傷強烈襲來，厲心棠都忍不住流下了淚水，她走下階梯，一階，兩——她扣著止住了步伐。

仔細瞧著前方約莫五十公分的地方，有個坑，那裡面趴著一個人。

蛆蟲與蒼蠅漫天飛舞，厲心棠飛快的退回了屋內。

「怎麼？」胡眞心察覺不對的湊過來。

「外面有個洞，裡頭有死人。」厲心棠揪著心口，這份悲泣來自於坑裡的人嗎？「我們快點出去！」

胡眞心沒有想探究的意思，她牽著厲心棠的手即刻往外走去，阿龍應該已報警了，這屋子不知道發生了什麼事，警方必須來處理啊！

兩個女人衝出屋外時，庭院裡卻一個人都沒有，除了他們兩台機車外，阿龍不見蹤影。

「搞什麼啊！阿龍！阿龍——」胡眞心扯開嗓子就大吼，「你是去——」

喀，她腳踩到了什麼，低頭一瞧，是手機。

厲心棠反手關上了該戶人家的門，這是以防萬一，怕有什麼跑出來，但才正首就看見胡眞心拾起地上的手機，心裡暗叫不好。

手機螢幕寫著通話中，的確是報警專線，通話時間已經很長了，依舊持續著。胡眞心遲疑的將手機湊近耳邊，電話那頭全是雜音，彷彿有人在說話，但是呲呲嚓嚓，完全聽不清楚。

「喂？欸？警察局嗎？我跟你說，我們現在在……」胡眞心回身，試圖找看門牌號，「就是在隧道出口這邊三分鐘路程，一個藍色鐵皮屋頂的地方，這邊出事了，喂！聽到了嗎？哈囉？」

她講了半天，對面還是只有雜音，胡眞心莫名其妙的把手機放下瞪著手機瞧，再拿起來聽了一次。

厲心棠走過來，彎低身子湊近聽著。

『住手！學長！學長你瘋了嗎！學長——』那端是驚恐的叫聲，『壓住他，學——砰！』

哇！她嚇得跳起，連連後退，驚愕的看著手機，再看向一樣錯愕的胡眞心。

「別告訴我妳聽見了什麼？」胡眞心按下擴音，明明只有雜音啊！「我什麼都沒聽……」

『啊！』

慘叫聲傳來，而且是男人粗啞叫聲，胡眞心嚇得差點沒滑掉手機，一秒掛掉，呆愣的看著厲心棠。

「我們去警局看看吧！」厲心棠衝到機車旁，幸好阿龍鑰匙沒拔，即刻跨上。

「嗄？可是阿龍呢？」胡眞心還沒見到人啊！

「他鐵定出事了！不是躲起來就是被什麼嚇到，不如沿路去找！」厲心棠發動機車，一個轉彎就騎了出去。

出事？出事了！胡眞心這下可慌了，阿龍怎麼可以出事！阿龍跟她搭檔好幾年了，是她很重要的夥伴啊！今天到蘭庄也是她硬拉他來的，否則阿龍根本不必蹚這個渾水！

兩台機車一前一後在路上騎著，整個鎮上眞的無一絲人煙，厲心棠邊騎邊觀察四周，這蘭庄說大不大，但說小也不小，阿龍會跑到哪邊也很難尋。蘭庄的鎮中心並不遠，車子才停在警局樓下，厲心棠就覺得不妙。

外頭警用機車倒得亂七八糟，附近跟廢墟一樣，警局門口的牆上就是一灘鮮血，走近觀察，還可以看見卡在牆上的彈殼。

「我的天……這地方是發生什麼事了？」胡眞心也明白這鎮子裡發生大事，一路騎來處處血跡斑斑，路旁到處都是倒下的機車或散落的行李，活像電影裡的災難過後。

「我進去看一眼，妳別動。」厲心棠不給胡眞心說話的機會，三步併作兩步衝上樓梯，一路進入警局。

値班櫃檯滿目瘡痍，裡頭全是彈痕，血痕處處，看得出來發生過激烈的槍戰跟死傷，不過這裡一樣沒有屍體，也到處都有拖行的痕跡。

她沒有久留的奔出，幸好胡眞心依然在原地，她正望著阿龍的手機發愣，如果警局已經沒有人了，那剛剛那通電話是誰接的？阿龍又聽見了什麼？

「我懷疑這鎮上已經沒有活人。」厲心棠不安的搓著雙臂，「我們現在先找到阿龍，然後離開！」

「可是……怎麼找？」胡眞心說著，眼睛不由得瞄向就在前方的學校！

那就是她們原本的目標，蘭庄高中，但是現在只怕什麼都找不到了！

大風颳起，詭異的冷風刺骨，今天該是體感四十度的高溫夏天，現在卻吹得人直打哆嗦！厲心棠可以感受到亡者的痛苦與恐懼，但是卻看不見他們……這片死寂的小鎮應該死了很多人，擁有這麼強烈的情緒，好歹應該能讓她見到一兩個吧？

「我們在找人，請問你們怎麼死的？」厲心棠突然對著空氣喊著，「請告訴我這裡發生什麼事？」

「妳在幹什麼啊!?」胡眞心趕緊跑上階梯想摀住她的嘴，「妳是在叫魂喔！」

「總得找個人問問啊！」

「問個頭啊！這裡死這麼多人，這麼陰，萬一遇到歹咪呀怎麼辦？別的不說，萬一是大屠殺，有凶手還藏在這裡不是更糟！」

噢！提到亡魂厲心棠只有三分怕，但提到凶手，她立刻就噤聲了！就算厲鬼凶狠攻擊人，他們還有抵禦方法；但萬一是人，剛剛的慘狀已經讓人毛骨悚然了，更別說人類更是可怕得防不勝防。

此時，引擎聲由遠而近，她們不約而同的下階梯往馬路上看，居然有小貨車由遠而近。

「靠妖喔！」胡眞心佛珠都取下來在那邊唸阿彌陀佛，「妳覺得開車的是人還是鬼？」

「哎呀！」厲心棠已經朝著小貨車奔去了！「沒見到阿龍在後面嗎！」

小貨車後方的車斗裡，正坐著阿龍，他隻手被繫在窗戶的欄杆上，看起來是醒著的，但是兩眼無神。

「阿龍！阿龍！」厲心棠攀在車斗那兒喊著，「喂！你是怎麼了？」

她轉向左邊，駕駛已經降下車窗，探出頭的是一個灰白髮、上了年紀的大叔，嘴裡正叼著菸。

「妳們哪裡來的？突然跑到這裡來有事喔？」大哥聲音非常粗，「剛來就中煞，有夠厲害！」

「阿龍他怎麼了？大哥，謝謝你找到他捏！」胡眞心非常上道，立刻就是鞠躬行禮道謝。

「他應該是被拐了啦，我看到他時他已經吊上樹了，我好不容易才把繩子割斷救下來的！」大哥看著她們兩人，「就你們幾個？」

「對，對……等等，他跑去自殺？」胡眞心搖著頭，「不不不會，無緣無故阿龍不會做這種事！」

「就中邪啦，進來的幾乎都出不去的，他應該遇到了什麼，被講一講就去自殺了。」大哥講得一副稀鬆平常的樣子，「妳們要不要快點走？不然我還要多用幾個墳，很麻煩捏！」

咦？厲心棠瞬間聽出了重點，「……這裡的死者都是你埋的嗎？」

「不只我啦！山上還有其他人，這麼多我一個人怎麼埋得完，妳看！」大哥說著伸出手，「之前弄到長水泡的疤，很痛捏！」

「這裡發生什麼事了？我們一路都沒看到活人，到處都是血，像是大屠殺！」厲心棠禮貌的詢問，「大哥也是住在這裡的人嗎？」

灰髮大哥沒立即回答，就大口抽了口菸，擺了擺手。

「小女孩，聽大哥的話，快點騎車離開！這裡眞的不能待，妳們到現在都還沒事已經很厲害了！」大哥居然還笑了笑，「救到這小子也是有緣，是我剛好去隧道口拿東西，不然他早晚也會變成這裡的一份子。」

胡眞心嚇得瑟瑟顫抖，趕緊上前要爬進車斗爲阿龍解開繩子。

「等等。」厲心棠攔下了她，「阿龍看起來不對勁，這樣帶他離開他也活不了多久，我猜他是打電話報警時，被亡魂催眠引導了，可能丟了魂。」

「我們可以把他帶去廟裡，請師父召魂的！我有認識的！」胡眞心積極的說著，一骨碌爬上車斗。

「那妳被糾纏的事呢？我們是來找那個高中女生的啊！」

「什麼？」灰髮大哥持菸的手顫抖，突然整個人激動的半回過身，「妳來、來找什麼高中女生!?」

「她——」

「沒事沒事啦！」胡眞心連忙阻止，「現在最重要的是先離開這裡，把阿龍救出去！他不能有半點事的，我的事以後再說！」

「我說了，阿龍的魂沒這麼好召的，這裡太陰邪了！」自小在鬼堆裡長大的她，基本概念可是比一般人豐富很多的！「我覺得這一定跟妳看見那個復活的高中女生有關！」

「妳們知道芝芝？」大哥飛快的丟下菸蒂，急忙下了車。

緊接著突然跪在地下，就朝著她們拜了起來！

嘴裡喃喃唸著什麼根本沒人聽得懂，但是這番騷操作卻把厲心棠跟胡眞心都看傻了，她們丈二金剛摸不著頭腦，什麼時候自個兒變得這麼偉大可以接受膜拜了？

「大哥？大哥大哥！別這樣！」厲心棠急忙阻止大哥這樣拜，「你這樣拜得我心驚膽顫。」

「嘿呀，不要折我壽捏！」胡眞心也趕緊勸說，「我現在已經很麻煩了，小命都去掉半條了，沒多少歲數可以折了啦！」

「妳們不是來找芝芝的？」大哥抬頭，一臉困惑。

誰？厲心棠原本要這樣問，但還是微微一笑，「……芝芝啊，就是那個高中女生嘛！對，我們是來找她的！」

「她放過了我們，我們也信守承諾，絕對幫她把這裡處理乾淨，也不會對外報警，倒是妳們爲什麼來？她已經離開了啊！」大哥在攙扶下起了身，隨手拍了拍膝上的塵土，「她很多事還沒處理完咧，一定是追那些傢伙去了。」

厲心棠回頭看向胡眞心，這裡有一個知道事情的活人，或許，她們應該待久一點。

胡眞心知道她的用意，但是在這個詭異又死氣沉沉的鎮裡，她眞的一秒都不想多待……但呼叫阿龍依舊沒有反應，而在她腦子裡縈繞不斷的尖叫聲與哭聲更是源源不絕，她根本沒有選擇的資格。

「我們想知道芝芝回來後，發生了什麼事？」胡眞心也看向大哥，誠懇的說著，「因爲我是親眼看著她死而復活的人。」

大哥看著她，灰白的濃眉卻蹙起，「芝芝從來沒有出過事啊！」

蘭庄高中，有一大塊標準的操場，操場中間原本是個足球場，有著綠色的草坪，還有兩個射門網。

厲心棠站在二樓的教室走廊上，現在往下瞧著，那片草坪現在已成密密麻麻的土丘，裡頭埋著無數的屍首，數量多到會起雞皮疙瘩。

「來來！我剛去買的飲料，剛好請妳們喝！」成哥扛著一大桶綠茶上來，手上還拿了幾個免洗杯。

胡眞心不放心的用繩子把阿龍跟學生椅子綁在一起，看到成哥進來立刻幫忙接手，再三道謝；教室牆上掛了許多照片，學生身上的制服的的確確就是那天她在殯儀館見著的，確認無誤。

「這就是李芝凌的教室。」成哥一口氣灌掉一杯綠茶，「其實是個很漂亮的女生啦！」

「對，很漂亮……」胡眞心緩緩點著頭，她看過那張蒼白無血色的面容，躺在冰冷的擔架上。

「就是……特別一點。這裡的人都說她是烏鴉嘴，報憂不報喜，每次都說誰家會出事，而且她一開口，就一定是白事！」成哥邊說邊倒了下杯茶，「搞得大家都不喜歡她，成天被欺負，又攤上那種了然的爸媽，說起來也是可憐的孩子。」

報喪啊……厲心棠暗暗握了握拳。

「所以才會有人認爲她死了活該啊，果然如此。」胡眞心算是徹底連在一起了，那天在殯儀館的爭執中，就已經看見了大家對少女死亡的態度，「有位叫鄭湘瑤的特別生氣，她也正在白事中呢。」

「咦？妳認識鄭湘瑤？」成哥顯得很詫異，「她父母跟哥哥之前過世，芝芝在她家出事前也跑去說了，所以小瑤完全沒辦法接受，大家最後都認爲是芝芝的詛咒。」

「這時代還有人信詛咒喔？」胡眞心嘆了口氣。

「信喔！怎麼不信？第一個人妳不信，第十個人妳信不信？芝芝的報喪是百分之百耶！」成哥搖了搖頭，「我第一次看到她跑到山上朝我走來時，我嚇得喔……結果她只是想找到安靜的地方哭而已！」

「百分之百……」胡眞心下意識嚥了口口水，「那她知道自己……死亡的事嗎？」

「妳在說什麼？為什麼妳一直說芝芝死了？她沒死，但是她……」提到這兒，成哥臉色變得很難看，「我也不知道該說她什麼。」

「她死了！她掉下蘭庄溪，倒栽蔥在爛泥裡活活悶死的，人都送到殯儀館了！法醫、她爸媽……您說了然的爸媽，兩個都很胖，非常凶，媽媽穿著鮮豔的度假風洋裝，看起來比她老公還魁梧。」胡眞心回憶著那天的所有場景，「學生好幾個，最生氣的就是那個叫鄭湘瑤的長髮女孩，還有……」

聽著她詳細的說出孩子們的模樣，成哥神情越來越嚴肅，有種不能忽視胡眞心的感覺。

「我知道妳說的是誰，但妳眞的見過這麼多人？妳是誰家的啊？」

「我從未來過蘭庄，我是在K縣殯儀館看到的！」胡眞心相當難受，「我親眼看到她復活後，全世界卻只剩下我記得這件事，其他人就跟大哥您一樣，說她根本沒出事、沒有死，好像溺斃的事完全沒發生過。」

成哥聽著張了嘴，傻在那兒不動，厲心棠默默的再為大家倒了杯綠茶，外頭陰風慘慘，風颳起了一地的垃圾，她幽幽望向窗外，烏雲厚到有種山雨欲來風滿樓的淒愴感。

「這是什麼時候發生的事？」

「六月十二號。」

只見成哥緩緩做了個深呼吸，顫抖著手掏出菸來，胡眞心直接從口袋裡就拿出打火機爲其點上，動作俐落得很。

「呼……這樣合理，那天之後，這裡就跟地獄沒兩樣了！」成哥緩緩吐著煙圈，「我們住山上的，十天半個月才下山一次，就買點東西補點菸酒，結果一下山後就發現整個鎮上都瘋了！每一家都在自相殘殺，警察根本忙不過來，一件接著一件……」

那天他去老張的雜貨店搬了一箱啤酒，才搬了兩箱到車上，就看見李芝凌走進店裡，對著老張說準備辦喪事吧！他站在門口覺得尷尬，老張是又氣又惱又發瘋的想打李芝凌，但少女根本不在乎的回頭就走，看見他時還問了聲好。

「成哥，再等個幾天，你儘管來這裡搬物資，免費的。」李芝凌綻開笑容，「這裡的人很快就用不上了。」

「那天的芝芝啊，喔，我從來不知道她這麼漂亮！每次看她都是亂七八糟的頭髮，身上也邋遢得很，可是那天特別美！」成哥有點在回憶那份美好，「白白淨淨的，穿著制服，長髮柔順……啊，她身上好像發著光一樣，就是美！跟仙子似的！」

「她跟你說免費搬，你不覺得奇怪嗎？」厲心棠好奇的問。

「奇怪啊，但我沒想那麼多，那時很尷尬耶！她就常因爲這種事被欺負，結果現在當面叫人家準備喪事，誰能接受？老張在那邊破口大罵，我付完錢就快閃了！結果在路上看見常跟我去捕魚的老徐，親手撞死他兒子……這鎮上眞的瘋了！我不敢待，就一路躲回山上，都不敢下山，我也叫大家都不要下山。」

直到某一天晚上，山裡傳來了歌聲。

歌聲空靈高亢，但帶著悲涼，他聞聲走了過去，他知道那是以前芝芝喜歡獨處的地方，在那兒果然看見了芝芝。

「她也對你說了什麼嗎？」胡眞心是眞的擔心。

「她說了對不起，也說了不關山上的人的事！然後她要離開了，還有事她必須去處理。」成哥用力再吸了幾口菸，「後來我們下山，整個鎮上的人都死透了，腐爛得亂七八糟，我們合力開始處理，能埋的埋，能燒的燒……」

那些拖曳痕跡，就是這樣造成的啊！所以才會不見屍體。

「但我們在前面某家的後院裡，發現了屍體……在坑裡。」

「凶手都沒有死……那些殺了自己家人的人都活著，瘋癲的說他們不是故意的，不知道爲什麼會這樣，我想你說的是徐太太吧，她應該是自殺了。」成哥嘆了口氣，「我們跟芝芝約好了，不言不說不報警，妳看，幾個月過去了，都沒有人來過問過這裡的親人一句平安，沒有人發現蘭庄幾乎滅鎮。」

厲心棠凝視著抖手抽菸的大哥，他很害怕，但是卻能平靜的說出這種匪夷所思的經歷，收了近百具屍體，面臨詭異的狀況，爲什麼還能這麼從容不迫？

「芝芝對你說了什麼？」厲心棠悄悄的，從抱在膝上的背包裡，摸索著法器。

「跟隨她，就不會有事……而且我們也沒有欺負過她。」成哥的手抖得越來越厲害，「我是想過報警的，但我們鎮上的警察也都死光了，不知道能怎麼辦……」

成哥的聲音開始哽咽，胡眞心本想上前關心，卻突然被厲心棠一陣輕咳提醒，她狐疑的緩緩隔著課桌看著厲心棠，接著冷汗直冒。

「我是眞害怕，別看我這樣……我開著車想出去找人幫忙，結果車子翻了，我整台車都掉進溪谷裡……」成哥邊說，邊緩緩撩起他的T恤。

胡眞心瞬間摀住嘴，她嚇得不敢動彈，成哥的胸膛有個洞，乾淨到可以透過這個洞，看見背後的教室黑板！

「我這兒都被斷木插過去了，但我……我沒死！」成哥痛苦的閉上眼，「我只是追隨她，結果我變成這人不人鬼不鬼的樣子——」

剎！厲心棠第一時間跳起來，抽出手裡的金剛杵，直接就往桌子上一砸。

「啊啊……」成哥嚇得後退，連人帶椅的後仰摔在地上，不敢耽誤的立刻又往後爬的躲到講台上，蜷成一團，「我沒有要害人！我就只是活著而已……」

「她讓你們追隨她，要做些什麼？」厲心棠冷靜的問。

「活著，照平常活著，把鎮上的屍體處理好……不處理也無所謂的！就是不要對外說，因爲她還有事要做！」成哥哽咽的看著她們，「在報喪結束前，不能讓人家知道蘭庄的慘案！」

胡眞心激動的喊著，「整個鎮都出事了，她還想對誰報喪？」

「很多人，我想她是追著逃離的人去的！大家都對她太不好了！」成哥雙手高舉，「請把那個拿走，我眞的怕，我怕……」

當然不行。厲心棠反而舉起，走向了成哥。

「她去追誰？你一定知道。」

「啊啊……鄭湘瑤！絕對有鄭湘瑤，很多人在情況失控前就離開了！」成哥驚恐的喊著，「平時欺負她的人，傷害她的……啊啊啊！」

「帶阿龍走。」厲心棠一邊交代胡眞心，一邊從牆上取下照片，塞到成哥面前，「誰是芝芝？指給我看。」

成哥抖著手，都要指向照片了，最後卻選擇放棄，「我不能背棄她！我怕她會傷害我家人！」

此時的胡眞心已經一肩架起阿龍，飛快的離開教室，只是才從後門走出，稍微往女兒牆靠了一點，她臉色瞬間刷白。

「棠棠！外、外面——他們從土裡出來了！」

厲心棠聞言，即刻大吼，「快走——」她金剛杵朝成哥肩頭就要劈下，「那些死靈是你呼喚的嗎？叫他們離開，讓我們走！」

成哥很恐懼，但他必須服從這份恐懼。

「不行，不能讓外人知道，妳記得嗎？」成哥嚥了口口水，「我給過妳們機會，我要妳們快走的！」

——我去隧道那邊拿外送跟貨運。——

——我有車自己去載就好，不好讓別人進來。——

「看在你救下阿龍跟那杯綠茶的份上，我不動你，你就乖乖待在這個教室吧。」厲心棠緩步後退，警告著成哥。

「我怕鎮上的人都不會讓妳們出去的！」成哥苦笑搖頭，「誰都離不開芝芝的掌控，那些人都是她的死亡奴隸啊！」

厲心棠緊抿著唇，手裡依舊握著金剛杵，堅定的望著成哥直到步出後門，一扭頭衝了出去。

8號房病患說得一點都沒錯，報喪女妖出現了！

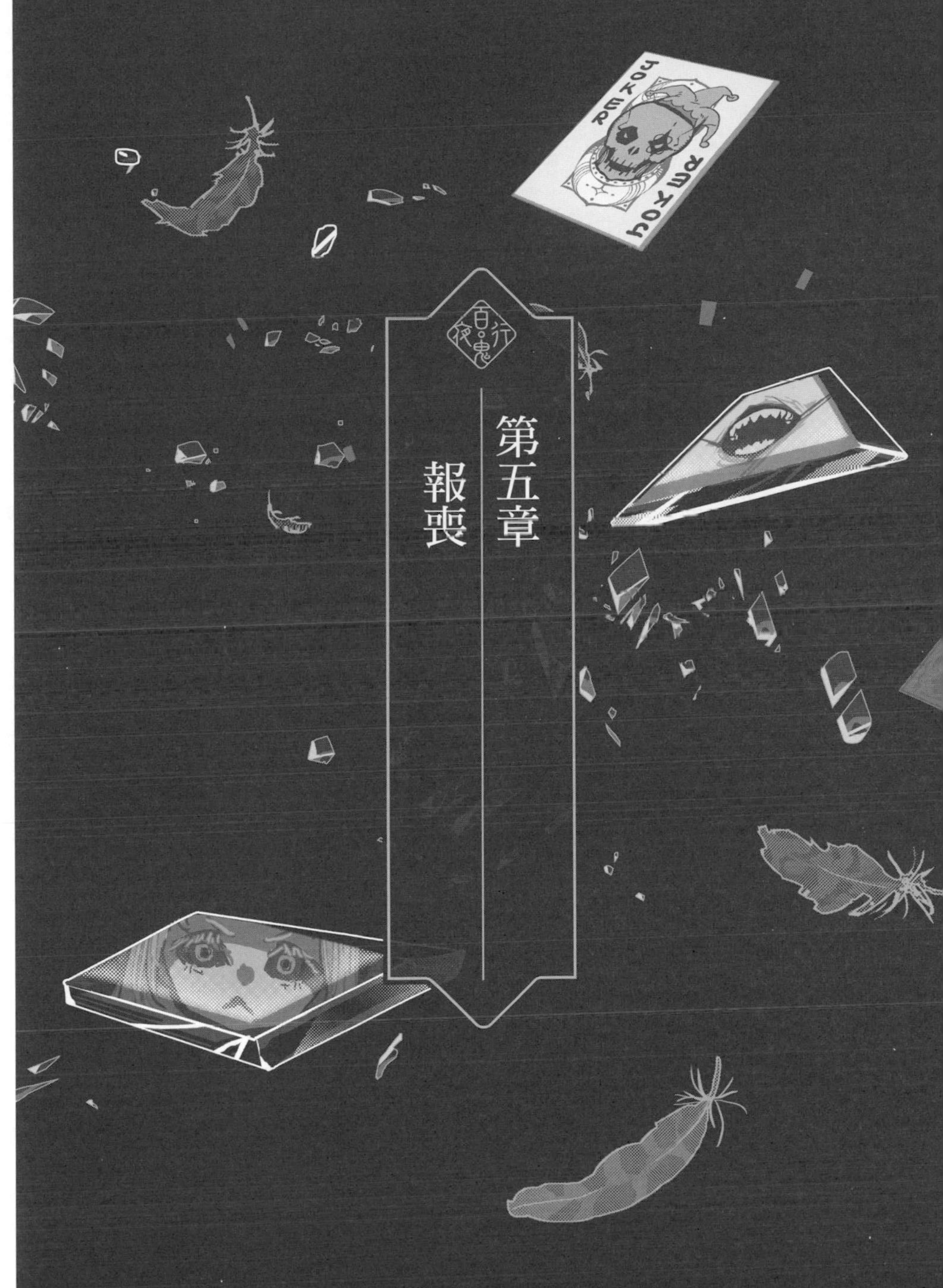

第五章 報喪

在氣象報告降雨機率是0%的下午，天空突然下起了瓢潑大雨，女人手裡拿著把單薄的折疊傘，想著走一小段就能到捷運，應該不至於淋得太濕；只是站在公司大樓門口，看見大雨簡直像用炸的，她遲疑的不敢踏進雨中。

得去接孩子啊！她咬了咬唇，大不了走快一點就是了！她最終撐開了迷你小傘，進入了雨中。

雨滴大到打在她的傘面上劈哩啪啦，有種傘布都要被穿透的感覺，女人縮著肩膀，困難的前行，腳下的跟鞋在這積水的人行道上，也顯得有些打滑。

不遠處的廊下，美麗的少女打開了白色的傘，輕巧的走出走廊，一個右轉後，白色的傘下瞬間變成瘦高且頭髮微亂的斯文男人！他加快腳步追上女人，大傘遮住了她。

「咦？」女人一轉頭嚇了一跳，「文石！」

「走吧，小心一點！」他摟過愛妻的肩，「把傘收起來。」

女人簡直受寵若驚，呆愣的收起濕透的傘，丈夫從來不是這種體貼的人，而且這兩天才在吵著叫她不要上班、孩子也要請假必須待在家裡，他們上午還爲此吵了一架才出門的。

「你怎麼……」

「來道歉的。」葉文石誠心的說，「我最近神經質了點，我一直很擔心你們出事，所以才……」

「爲什麼我們會出事？」她不懂，丈夫這陣子一直陰陽怪氣，「是因爲那個學生嗎？從蘭庄出來的學生？鄭湘瑤？」

葉文石看著她，頓了幾秒才露出溫和的笑容，「是有點關係。」

「你那時就說很嚴重，不太敢幫，但又說她孤苦無依，最後還是出手了！唉……」女人低著頭，「我知道你有很多事都不會跟我講，我也不逼你，但是你不能這樣神經兮兮，讓我跟小孩都不安。」

「對不起對不起，以後不會了。」他搓著她的臂膀，半撒嬌的，「我帶妳去吃大餐，賠罪？」

女人笑了起來，「說什麼啊，小寶還在等我去接他呢……你今天怎麼這麼早下班？沒患者了嗎？」

「特地來接妳的。」葉文石更用力的摟緊了愛妻，「有沒有驚喜？」

「有！」女人笑開了花。

豈止驚喜，她都覺得在做夢了！沒想到平時呆板木訥的丈夫突然浪漫起來，會令人這麼心動。

兩人說說笑笑，一起搭乘捷運去接孩子，小寶看見父親來接自己嚇了一跳，開心的撲上前喊爸爸！途中看見花店外頭擺的玫瑰花，葉文石還順手買了一小把玫瑰，送給了妻子。

「我應該更常跟你吵架的！」她笑得合不攏嘴，聞著玫瑰，「我眞希望天天這樣。」

「那不必吵架，我以後天天這樣對妳！」

妻子嬌羞得笑靨如花，兩人牽著孩子，愉快的往家的方向走去。

而這時，長得一模一樣的男人，正撐著一把傘，站在捷運出口，不可思議的看著這一幕。

車子送修，他今天才會搭乘大眾運輸回家，結果在車上看到熟悉的身影，原本以爲自己看錯，但卻發現他們親暱的摟著，還去接他的孩子！買花送他的老婆！

他沒看見那男人的臉，但卻可以看見他們的關係有多親密，老婆收花時笑得多甜！她多久沒這樣對他笑過了？在他們家的附近，在他們社區，甚至還去孩子的學校？她竟敢這麼光明正大的跟另一個男人舉止親密，完全不在乎他人眼光嗎？

「啊！我想到一件事，你們先上樓吧。」

在樓下時，葉文石突然這麼說，讓老婆孩子上樓。

「咦？什麼東西忘了買嗎？」妻子回頭，讓跟蹤的正牌葉文石趕緊壓低傘，躲到社區一整排的造景樹後。

「祕密。」葉文石笑著，冷不防俯身吻妻子的臉頰。

那個男人依舊是背對著他的。

但葉文石簡直怒火中燒，這是他們家的社區啊，小筠居然敢這樣大庭廣眾的跟別的男人卿卿我我？他們在一起多久了？如果不是今天他提早下班，是不是這頂綠帽子還得一直戴下去？

「哎！幹嘛啦！」妻子羞得要命，緊張的左顧右盼，「被人家看到就不好了！」

「有什麼關係！」他笑著，送妻小進入電梯後，轉身離開。

當他回身時，已經變成一位年輕俊美的帥小伙，打著傘輕快的走在雨中，巴不得讓葉文石看清楚似的，還刻意往他躲藏的樹叢那兒瞥了一眼；幾個鄰居紛紛側目，他們剛都看見了這個男的在吻葉太太啊，葉太太居然有外遇？還是這麼年輕的小狼狗啊！

男人一路走出了社區大樓，在眨眼間又成爲了白衣白裙的少女，她走到大樓的對面，仰頭望著十二樓，揚起一抹冷笑，在無人注意的情況下，驟然消失。

十二樓，小男孩才拿出作業時，他的衣櫃就打開了。

嗯？小男孩疑惑的回頭，跳下椅子，跑到衣櫃前去將櫃門給重新壓上。

再轉身要回書桌前時，噠的一聲，衣櫃又開了。

男孩僵硬著身子回頭，他年紀再小也覺得那邊怪怪的，有點不安的朝衣櫃走去，想看看裡面有什麼讓櫃子一直打開，可是……

外頭傳來了關門聲，男孩倏地看向門的方向，「爸爸回來了！」

他要去跟爸爸說，叫爸爸幫他看看！

「妳什麼時候跟那男人搞上的？」

男孩扭開門把的瞬間，外頭傳來的咆哮聲他嚇得鬆開了手。

正在洗菜的妻子完全莫名其妙，她回頭看著盛怒進來的丈夫，絲毫沒有十分鐘前在樓下的那份溫柔呵護。

「你怎麼了？」她趕緊關掉水龍頭，「爲什麼這麼生氣？」

「裝？妳再裝？我都看見了！」葉文石氣急敗壞的大吼著，「妳就跟那個小狼狗卿卿我我，還直接在樓下膩歪！」

「什麼小狼狗啊？你發什麼瘋！」妻子聽出來了，「你不是去買東西嗎？說要給我驚喜？這就是你的驚喜？」

「妳才給我天大的驚喜咧！妳跟那個人好上多久了說！」葉文石跟著妻子身後追出來，看見餐桌上插著玫瑰花，更是怒火中燒，一把抓起就往她身上扔，「還送花？這麼浪漫？」

被花扔得一身的妻子簡直不敢相信，眼前這個不可理喻的男人，還是剛剛送她這些玫瑰花的人嗎？

「你到底在幹嘛！？剛剛對我那麼溫柔，現在又變成這副模樣！不是說以後都要對我好的嗎？」妻子覺得丈夫這簡直是雙重人格，「你生病了嗎？你自己是精神病醫生，是不是哪邊不舒服了？」

「妳是在說我瘋了嗎？對！我快瘋了！」葉文石痛苦的怒吼，「我每天都在擔心受怕，我怕你們出事怕你們受傷，要你們不要外出妳偏要去……原來就是為了幽會！妳想見那個男人！」

夠了！夠了！妻子不想再跟他說話，轉身要回房間去！

「去哪裡！妳給我站住！」葉文石受不了妻子一再的漠視，上前一把抓住她，「妳不要想無視我！」

「你放開我！」

房間裡的男孩嚇到不敢開門，他甚至悄悄的把門給關上，今天的爸爸明明很好的，爲什麼突然變成這樣？爲什麼爸爸媽媽要吵架？他掩起雙耳不想聽，想找地方躲起來……

孩子看向了衣櫃。

他有點害怕的往衣櫃裡看，卻看見白色的洋裝，男孩將對開的衣櫃門全打開來，發現他的小衣櫃裡，居然坐著一個很漂亮的大姐姐。

大姐姐穿著像公主一樣的白色裙子，頭髮有一半白色、半黑色，好像是精靈公主。

「妳是誰？」男孩好奇的看著女孩，目不轉睛的。

少女微怔，眼裡閃過一絲哀愁，「你看得見我嗎？」

「嗯。」男孩用力的點頭。

「啊，可惜了。」女孩微前傾，輕柔的撫上男孩嬌嫩的臉頰，「眞可憐，那表示你即將會遭受暴力而慘死。」

男孩皺起眉，他聽不懂這個美女姐姐的話。

「姐姐妳是精靈仙女嗎？」

仙女？少女嗤之以鼻的笑了起來，「不是，我是死亡仙子喔！」

在她沒有刻意現身的前提下，通常都是將死之人才看得見報喪女妖的。

男孩也爬進衣櫃，偎在少女身邊，她輕輕吟唱起曲子，和著外面越來越激烈的爭吵聲。

「妳知道我為了你們費了多少苦心，你們不知道外面有個神經病一直想要報復我！她都已經找來了！」葉文石的分貝高了起來，「昨天她就警告我了，我們會成為下一個人！」

「誰？一堆人，到底是誰？」妻子激動的喊著，「你什麼都不說，永遠在那邊她、那個人、那個瘋子！什麼詛咒者？你是醫生吧，為什麼一直在提怪力亂神的事？」

「因為她不是科學能解釋的！是過去蘭庄的學生，她在報復所有欺負過她的人！妳不知道蘭庄出了什麼事……」葉文石痛苦的抱頭，「我不想講，是為了你們好！」

妻子一片混亂，先是溫柔浪漫，再來回家發瘋，現在又扯到蘭庄的事！他們都搬離那邊多久了！她都快被搞到精神崩潰了！

他們之前的確在蘭庄任教過，但已經離開那邊兩年了，本不是那邊的人，自然沒有任何聯繫，直到前兩個月，一個過往的學生突然找上丈夫……對，從那時開始，丈夫的精神似乎就不太正常了，總是疑神疑鬼。

「我不懂你在說什麼，葉文石，我根本不懂你！」妻子難受的閉上雙眼，「這種日子我是真不想過了，你考慮看看，不行的話我們分開吧，孩子我要。」

什麼？葉文石登時抬頭，凶惡的瞪向妻子，「妳早就盤算好了對吧！妳想要跟那個男的在一起！」

「瘋子！」妻子尖叫著，進入房間甩上房門。

「啊啊啊！」葉文石跳了起來，直接衝向房門，使勁的敲著門，「不許妳關門！不許！」

衣櫃裡的女孩停止了歌唱，她走出了衣櫃，衣角被男孩揪著，一臉可憐兮兮的望著她。

「噓。」她比了一個噓，然後將衣櫃關上。

輕易的穿牆而過，來到了帶著香味的梳妝台前，浴室裡傳來水聲，女人正在裡頭用水聲掩蓋著痛心的哭泣。

她輕快的往前走著，一骨碌拉開了房門，這瞬間，她成了妻子的模樣。

「敲什麼敲！你自己看看你的模樣，生活沒有情趣，呆板枯燥，人又老又醜，哪樣比得上年輕浪漫的男孩！」女人走出，不客氣的逼退著葉文石，「動不動擱這裡發瘋，扯什麼學生？你那時在學校能有什麼用？學生還來找你眞是莫名其妙！」

「妳……果然！妳跟他在一起多久了？」

「夠久了，你帽子戴得開心嗎？反正我不想再跟你生活了，小寶也很喜歡那個男的，今天去接他時，小寶都叫他爸爸呢！」妻子嫌惡的看著他，「我不想再看見你了，他等等就會來，你行李收收就可以滾了！」

扭頭轉進房間裡，女人用力甩上門！

砰！正在洗手間裡哭泣的妻子嚇了一跳，爲什麼隱約有女人的說話聲？她趕緊關上水龍頭，深怕是自己聽錯了。

她從浴室裡步出，檢查著自己的房門，剛剛她進來時明明上了鎖，爲什麼現在……卻沒有上鎖了！她輕輕壓下門把，不明白自己哪邊記錯了！

她拉開房門，什麼都來不及看清楚，只看見亮晃晃的一把刀。

冰涼瞬間刺入她胸口，她完全措手不及，尚未感受到疼痛，就見紅刀子拔出，鮮血濺上了她的臉頰，接著又一刀刺進她的身體。

「哇啊——呀——」妻子痛得慘叫起來，她試圖後退，但是葉文石卻扣住她的身體，瘋狂的猛刺著她，「呀啊呀——」

一刀接著一刀，甚至刀尖都斷裂在體內，葉文石也沒有停手的打算，他左手臂彎裡扣緊著癱軟的妻子，但是刀子卻依然在她身上戳得千瘡百孔。

衣櫃裡的男孩聽見媽媽的叫聲倉皇不已，他呆坐在裡頭，完全不知道該怎麼辦，輕輕推開衣櫃時，看見房間的角落，站著那位仙女姐姐。

「姐姐……」他試圖求救，但少女只是比了一個噓……

慘叫聲停止，但隔壁鄰居已經聽見了，他們正在討論著是不是要報警？還是問一下隔壁發生什麼事？

男孩戰戰兢兢的打開房門往外看去，觸目所及瞧不見爸媽，踉踉蹌蹌的跑了出去！

最終在母親房前，看見了倒在血泊中的母親，還有手緊握著刀、跪在一旁的爸爸。

「媽咪……爸爸？」男孩呆了，他看著滿地的鮮血，渾身鮮紅的母親，根本不明白發生什麼事。

葉文石還在喘著氣，右手因爲刺死妻子的手也被刀割開，但他現在不感到痛，只感到忿怒與淒涼，聽見兒子的叫喚，他向左後緩緩看去，滿臉都是血液飛濺，只是嚇得孩子連連退後。

「今天……誰去接你的？」葉文石虛弱的問著，「那個男人去接你放學，你也早就知道那個人了嗎？」

淚水滑落，小寶眞的被嚇到了，「爸爸來接我的……是爸爸啊！」

他叫他爸爸──他的孩子居然已經叫別的男人爸爸了！葉文石瞬間重新握緊刀子，直接跳了起來。

「你怎樣可以叫別人爸爸，你的爸爸是我！只有我！」

「哇啊啊──」男孩嚇得腿軟走不動，咚的一聲摔在地上，跟著尿濕了褲襠，哇哇大哭，「哇啊──媽媽──媽媽──」

此時此刻，門外響起了電鈴聲。

「葉先生？葉太太？」鄰居的呼喚與敲門聲同時響起，「有事嗎？需不需要幫忙？」

「哇──」男孩聽見外面有人，哭得更大聲了！是隔壁的姨姨！

葉文石緊張的衝向孩子，一把架住他，緊緊摀住他的嘴，「噓！噓！不許叫不許哭！不許哭！」

「唔……唔……」男孩掙扎著，他哭得滿臉通紅，小手想抓住父親的手，但他做不到，爸爸的力量太大了，眞的……

太大了。

「啦……啦啦……」男孩房間的少女，再度吟唱起那熟悉的歌謠，她踮起雪白腳尖，白色紗裙隨著轉圈而飛揚，長髮飄飄，愉悅的哼著歌、跳著舞。

只是曾幾何時，她腳尖上沾了土，連裙襬也染上了紅色，女孩優雅晃動的手上亦滿是泥土，長長的頭髮變得濕濡糾結，清亮的眸子裡漸而充血，轉爲紅色，哼出的曲子變得哽咽低沉，因爲她喉嚨裡卡滿了淤泥。

「沒人開門啊！該不會是聽錯吧？」

「這麼大聲怎麼可能聽錯……先報警吧！報警！葉先生，我們要先報警了喔！」

鄰人們在門口商量著，葉文石緊緊抱著孩子，他知道現在他不可能出去，也不可能逃了……看著正前方數公尺處的妻子屍體，他知道自己做了什麼，但已經來不及了。

誰叫她要這麼對他！他是很愛護這個家的，她怎麼可以拋棄他，還想帶走孩子去跟另一個男人生活！

「小寶，你不能這樣對爸爸……我才是你爸爸知道嗎？你不能喊別人爸爸的！」葉文石放鬆了手，緊緊抱著孩子，吻上他的髮，「好嗎？」

孩子沒有回應，葉文石感受到孩子的身子癱軟，他狐疑的將男孩翻過來，才發現孩子早就沒了呼吸。

他剛剛，親手摀住他的口鼻，將他活活悶死了。

「不……不不！小寶！你不能嚇爸爸！不能這樣！」葉文石緊張的把孩子放在地上，趕緊做著CPR，痛哭失聲。

而女孩帶著泥腳印緩緩走了出來，看著瘋狂爲孩子做CPR的父親，也只是笑著，當然是來不及了，這孩子看見她，就表示他必死無疑。

『救不了的，唯有將死之人才會看得見我。』

她站到了葉文石面前，男孩已經死透了。

葉文石看著眼前帶著泥與血的腳，緩緩抬頭，看見了那張熟悉又可怕的臉，嚇得跌坐在地。

「李、李芝凌！妳怎麼……」跟昨天那樣的美麗不一樣！

『沒人跟你說嗎？噢，對，因爲沒有人記得我死了！』她蹲了下來，望著葉文石，指著自己的額頭，『他們拿石頭丟我，這個洞他們打的，然後我掉到了橋下，被淹死了。』

死……死了？葉文石完全無法接受，他知道蘭庄出事，大家瘋狂的自相殘殺，有人也逃了出來，鄭湘瑤就是來尋求庇護的人之一，但是她說的是：李芝凌瘋了，她在詛咒所有人！沒有提到她死了啊！

『呵……』她咧嘴而笑，嘴裡吐出了一堆泥沙，『但是我復活了，我變成眞正的，報喪女妖。』

「妳究竟……是人是鬼……」葉文石顫抖著。

『我不知道，但怎樣我都不會是人，呵……呵呵，我剛說了，我在淤泥裡淹死了！』她雙眼倏地忿忿的瞪向他，『你從來都不會聽我說話對吧！從以前到現在都一樣——』

「哇……」葉文石嚇得連連後退，以手帶腳的退得越遠越好。

『明知道大家在欺負我卻視而不見，大家一起嘲笑我時你也不管，知道大家要整我也不曾阻止，我總共向你求救了十一次！』李芝凌雙手豎了食指，『不管是寫信寫聯絡簿或是當面說，你從來沒有理過我！』

……那是，那是學生們的事！葉文石不由得在心裡吶喊，不是他不管，而是他眞的不想管！因爲李芝凌的確太不討喜了，她的父母非常差勁，動不動就會來學校鬧，動輒碰瓷要錢，連個家長面談都找名目跟他借錢。

再來就是李芝凌陰沉又烏鴉嘴，幾乎開口都沒好事，跟鄰長說他家會辦喪事，沒兩週鄰長在首都的大兒子就傳來車禍身亡的消息；再跟其他班老師說節哀順便，不出一週老師的父母果然雙雙身故，長此以往，只要她開口，誰家必辦喪事。

連他都不想看到她，多希望這女孩就此消失，整個蘭庄人都是這麼想的！他不是沒勸說過，但李芝凌總認爲自己是在警告大家，她說的是事實沒有過錯……既然這樣，她還來找他求救做什麼？

她自己根本就不願意改變啊！他不想理不想管，終於有機會能離開蘭庄回到本業，他就趕緊調離了。

那是個純樸但落後的地方，他根本是一秒都不想再待——直到兩個月前，鄭湘瑤渾身狼狽的找來，說蘭庄的人都瘋了，因爲李芝凌去每一戶人家報了喪。

警笛聲傳來了。

李芝凌站起，她從額角落下的血，滴落在小寶身上後卻緊跟著消失，葉文石看著這一切，眞的渾身發抖，這個李芝凌……她不是人！

她溺斃了？爲什麼鄭湘瑤會不知道？

『房間裡，還有一個孩子。』她指向了角落一間關著的房門，『你覺得她看得到我嗎？』

桌上對講機中，傳來沙沙聲響，嬰孩稚嫩的呀呀聲傳來。

他還有一個七個月大的女兒，褓姆離開前才將她哄睡而已！

「不不不……妳不能這樣，妳有事衝著我來，衝著我！」葉文石激動的趨前，改成跪姿的趴跪在地上，「是我對不起妳，我沒幫妳，我不是個好老師，妳可以殺我，妳可以——」

『我就是衝著你啊，老師。』李芝凌笑了起來，『我不是說了嗎？你家會有喪事！』

看看現在，地上有一具被捅爛的屍體，另一具被悶死的孩子，她報喪女妖的稱號向來不是浪得虛名，就差一位了。

葉文石抬起頭看向她，涕泗縱橫，「夠了……已經夠了，我已經殺了我妻子跟孩子了，我不是故意的，我眞的不是……」

李芝凌沒有遲疑的轉身朝那房間走去，泥腳印消失無蹤，裙上血漬也不見，長髮再度飄逸，臉龐也恢復到乾淨白皙。

「不可以！妳不可以對她下手！」葉文石慌亂的要爬起，卻因爲腳軟而數度踉蹌！

『你都能那麼乾脆的殺掉老婆跟孩子了，跟我計較這一個嬰兒？笑話！』李芝凌直接打開了門，嬰兒床裡的嬰孩，正躺在床上，望著上方的轉圈玩具，然後看向她。

李芝凌一把抱起嬰孩，女嬰笑得咯咯。

「放下！放下她……我求求妳了，李芝凌！真的……」哭求著的葉文石，手裡其實還握著刀。

『老師，把她也滅口，我就幫你把證據都湮滅掉！就像沒人記得我死亡一般，也不會有人知道你殺了妻小。』

葉文石怔住了，他錯愕的看著抱著女兒往落地窗走的少女，腦子嗡嗡作響。

「別出去！拜託……」他怕，怕李芝凌把孩子丟下去。

『不會有任何線索指向你的，你會有完美的不在場證明，這裡就是一個入室搶劫，懸案……噢，或是——』少女在葉文石面前一秒幻化成那年輕小狼狗的模樣，『這個人殺的。』

葉文石看著眼前的男人，那服裝、那樣貌——「是妳？那個外遇的對象是妳？」

『不，從來沒有什麼外遇對象。』李芝凌聳了聳肩，『你老婆眼中是你的模樣，兒子眼中是爸爸，只有在你跟鄰居眼中是這個帥哥！』

葉文石緊緊握著刀子，他氣得全身發抖，她不是人，她簡直是……「妳簡直是惡魔！妳爲什麼要這樣對我？爲什麼要讓我——」

『我沒讓你殺人啊，老師。』李芝凌再度恢復少女姿態，『警察上來了，你只剩一分鐘，一刀殺了這孩子，好好過自己的人生，或是——準備後事？』

「爲什麼？就因爲我沒有幫妳嗎？就因爲這樣？」葉文石抓狂的哭喊著，「妳要讓我親手殺了我的妻小，我的罪有這麼重嗎？」

他自不量力的舉刀衝向前，一刀狠狠的刺進了李芝凌的頸子裡。

這是沒用的，李芝凌的眼睛迅速轉紅，從眼眶裡都滴出了鮮血，她看著葉文石，還有看著插在頸子上的刀子。

『那我的罪，有這麼重嗎？』她反手握住葉文石的手，咆哮的質問著他。

在那一秒，她尖叫怒吼，嘴裡的牙伸長變尖，聲音既尖且細，光尖叫聲就足以穿破人耳膜般的尖銳！長而飛散的頭髮轉成銀白色，向前緊緊纏住了葉文石的頸子，且她人變得相當巨大，幾乎都頂到了天花板。

她頸間的刀子陡然消失，葉文石錯愕的看著那把刀……竟落在了他嬌小的女兒身上。

磅磅磅！外頭傳來了震撼的撞擊聲，警方已經抵達了。

『我要你痛苦萬分，懊悔不已，這輩子都在親手殺了自己妻小的悔恨中度過，好好的辦理他們的後事吧！』

她手一鬆，懷裡的嬰兒陡然落地，葉文石大喊著想要抱住嬰兒，但卻被長髮勒住無法伸展出手，下一秒，李芝凌身後的落地窗陡然滑開，把被勒著的葉文石，直接拋了出去！

「哇啊啊啊——」

咚！

天旋地轉的震盪，葉文石才感受著高處墜落的驚恐，下一秒像是墜地一般的在椅子上劇烈震顫，整個人驚魂未定的看著眼前模糊又陌生的景象。

他的辦公桌，他的電腦……他左手甚至握著水杯把手，裡頭的水因爲剛剛的震顫而灑了一桌。

他在辦公室裡？

「醫生，你居然還在啊！」門打開，是護理師，「我以爲你回家了呢！」

葉文石呆愣的看著走進來找資料的護理師，腦子一時還無法反應。

「醫生？」護理師發現他怪怪的，試探的再問了一句。

「啊我……」他看見電腦螢幕裡的病患資料，迅速組織著語言，「我在看病患資料。」

「快回家吧，難得現在雨停了。」護理師笑著，「別太累了。」

「……謝謝。」葉文石完全呆住，他甚至無法分辨現在是現實還是做夢？或是剛剛經歷的一切都是假的？

回家！對！他隨手拿衛生紙擦掉桌上的水，把水杯放好，趕緊起身整理包包，打開抽屜要把包包拿出來，他得先打電話給妻子……拉開抽屜時，突地感受到右手虎口的刺痛，張開手掌一看，他的手上有刀割般的深跡！

彷彿是剛剛，他捅死妻子時留下的傷痕……那刀又長又深的，接著就在他面前緩緩慢慢的癒合了。

咦？他都還來不及驚愕，桌上的手機震動了起來。

慌亂的抓起手機，來電顯示是個未知號碼……

「喂？」他喉頭緊窒，吐出這個字都很困難。

「喂！葉文石先生嗎？這裡是警方，我想跟您說一下，你現在在哪裡？能否立刻回家一趟？你家出了點事……很抱歉！」

『你的家人出事了。』

「不不不——」

少女坐在頂樓上，聽著樓下辦公室裡痛徹心扉的叫聲，就是這樣，帶著無限悔恨與痛苦活下去，好好的用染滿血腥的手爲家人置辦喪事吧，這才是她報喪的動機啊。

她又開始哼歌，歌聲既高亢又嘹亮，而在頂樓的角落站著一個看上去極爲瘦弱的少年，他拿著外套上前，爲少女披上深紫色的大衣。

李芝凌瞥了他一眼，泛起一抹笑容，接著反手按住自己肩頭上的手，遠眺著這世界；風吹動著那一頭長髮，她抓住自己的長髮，此時此刻她該有著一頭銀白長髮，但是男孩輕輕撩起長髮，卻發現她的髮尾呈現黑色。

「爲什麼是黑色？」她停止了歌唱，接過那綹長髮端詳著。

她是報喪女妖，班西擁有的應該是銀白長髮，無血色的白皙皮膚，不該留有之前的黑髮。她握了握掌，其實自己也能感受到，她缺少了什麼東西，好像有股力量，沒有回到她的身體裡。

「妳通知了每個人了嗎？」少年連聲音聽上去都很虛弱。

李芝凌搖搖頭，是啊，還沒呢！還有人沒有接到她的報喪通知，也有人還沒親眼見到她。

她繼續高歌，算一算，就剩下一個人還沒有解決了。

親愛的、霸氣十足的鄭湘瑤啊。

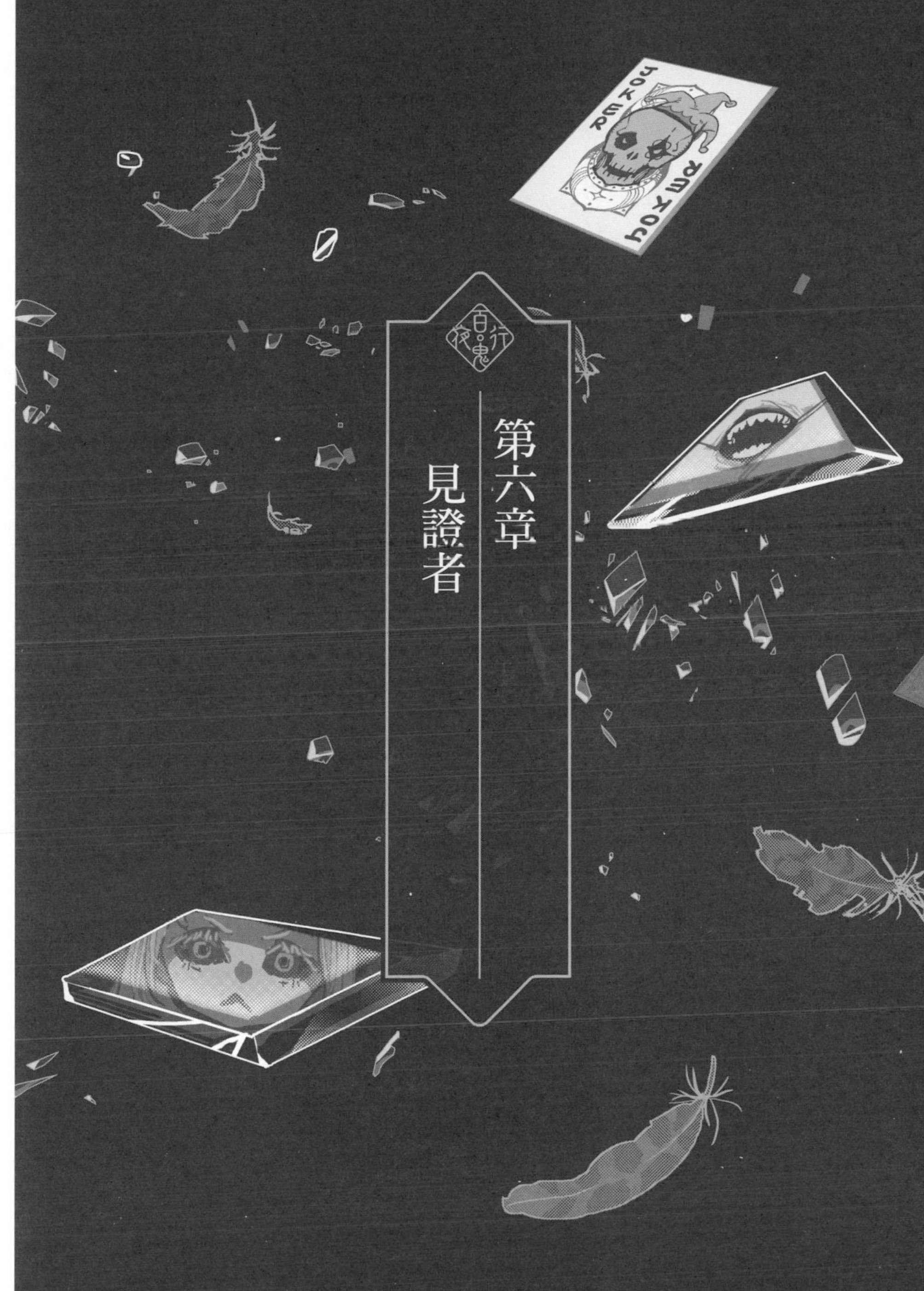

第六章 見證者

小貨車在路上飆著，胡眞心踩足了油門往前，這路上搖搖晃晃、坑坑巴巴都影響不了她要離開蘭庄的決心！眼看著隧道就在眼前了，他們一定要衝出去！

「慢！慢點！妳不要開那麼快！」厲心棠嚇得大喊，「等等翻車了更出不去！」

「後面有喪屍在追，能不快嗎？」胡眞心尖叫著，她都快瘋了！

彷彿全鎮的屍體都從土裡爬出來追他們了！

「那不是喪屍！妳見到的都是幻……」厲心棠見狀，直接拍她的腳，「煞車！妳快減速，亡靈的手法我比妳熟，假如等等前面突然有障礙，我們就會摔下溪谷了！」

胡眞心聞言，下意識鬆了油門，她已經嚇到哭不出來了！

說時遲那時快，前方突然出現了幾個人影，嚇得胡眞心立即要踩死煞車——

厲心棠趕緊粗暴的掐她左腿！

「假裝看不見，開過去！」厲心棠試著堅持不讓她踩煞車，「那些都是亡靈！是鬼——穿過去！」

她心裡明白，但在她眼裡，前面現在站著一家人，還抱著孩子啊——胡眞心緊閉起眼，心一橫就眞的直直開過去！厲心棠看見她閉上雙眼，嚇得連忙扶住方向盤。

「睜眼啊大姐！我沒有駕照！」厲心棠緊張死了，隧道就在眼前了啊！

胡眞心終於睜眼，將歪斜快往右掉下溪谷的車子導正，直接駛入隧道內。

大燈亮起，前頭是密密麻麻的亡者，每個人的死狀都很可怕，他們毫不客氣的自隧道兩旁衝來，直接撞向車子，而車子竟眞的被他們推動著。

「爲什麼他們可以……碰我的車子？」胡眞心一緊張就鬼吼鬼叫，而且隧道頂端倒立著頭被劈開的亡者，啪的直接掉在車前蓋上。

「一直開！他們一定不會讓我們離開的，我們就是衝出隧——哇呀！」

胡眞心踩了緊急煞車，厲心棠整個人往前撞去！她眞的不是故意的，因爲她根本見不到隧道口，卻看見前方站了一整排警察。

『回頭，請回頭！』警察做著手勢，『隧道封鎖，請回頭！』

胡眞心戰戰兢兢的看著車窗邊，一大群人包圍著這台小貨車，每個人都有著可怕的模樣，被殺死的、淹死的、被刀砍死的，各種死狀應有盡有，只是在告訴他們：我們不是人。

「唔……」撞到頭的厲心棠疼得勉強撐起身子，她實在應該繫安全帶的。

看著大量包圍著他們的亡魂，她買的法器呢？有符咒！可以燒嗎……頭好痛，她想不起來要怎麼用了！

手握著金剛杵，至少這些亡者休想碰她！

「待在車子裡，我們先別下車！」厲心棠在自己這邊的窗子貼上符咒，跨過胡眞心身上，要在她那邊的玻璃也貼上。

只是手還沒搆到，後車門陡然被打開，阿龍就這麼被拖了出去。

「哇！不要碰阿龍！」胡眞心下一秒，竟開了車門就跳下車了，「你們不許碰他，我們跟你們都無冤無仇！」

「胡姐！」厲心棠都傻了，爲什麼進入亡者堆啊!?

她握著金剛杵下車，亡靈是畏懼的，但是這裡有幾乎一整個鎮的人，鬼海戰術她根本不能應付……仔細想，冷靜啊，厲心棠，如果闕擎在的話，他會怎麼做，會怎麼做？

胡眞心上前跟亡者搶阿龍，緊緊抓住他的腳，但身後更多人扳住她，要將她拉開。

「我不認識你們！我不認識什麼報喪女妖，我只是——」

咦？誰在唱歌？

胡眞心突然聽見歌聲，她瞪圓雙眼，一瞬間她彷彿看見了她在某戶人家裡，看見一個男人正用力圈著一個男孩，手摀著男孩的口鼻不讓他尖叫，但是那個男孩看起來快沒氣了……

這是哪裡？她一片混亂，眼前的隧道竟跟那看起來挺有錢的家庭重疊在一起了？前方還躺著個誰？鮮血流了一地，那個女的簡直千瘡百孔……

此時，眼角餘光看見了一個帶著血與泥汙、從房間走出來的女孩——咦咦咦！是那天那個復活的女高中生！是她！

「**啊——**」胡眞心突然大叫出聲，那聲音尖銳得令人耳朵刺痛，厲心棠甚至被她的聲音擊倒，掩著雙耳摔在地上。

好可怕的叫聲……她不僅頭暈目眩，而且耳朵好痛！厲心棠趴在地上，手都差點要握不住金剛杵了，她知道現在不是恍神的時候，他們現在正被亡者包圍，亡者們……

亡者們已經盡數退後，用驚恐的眼神看著胡眞心。

阿龍被扔下，胡眞心雙手還緊抓著他的腳，她也未能回神的看著步步後退的亡者，亡靈們或哀鳴或哭泣，有的爭先恐後般的躲藏，有的隱進了牆裡，有的跪了下來，對著胡眞心祈求。

另一邊的厲心棠站起，不平衡的她踉踉蹌蹌，得扶著車身才能勉強移動，連剛剛聚在她身邊的鬼都縮到角落去了，深黑的眼窩是越過她看向胡眞心的，站在前排的亡者不敢靠近，但是臉部卻是扭曲的。

『放我們走……』一個應該是阿嬤的女人對著他們吼，『我求求妳放過我們吧！』

『我沒有對妳做過什麼！』這是個魁梧的男人，他頸上繫了根繩子，『從來沒有！』

伴隨著忿怒的嘶吼，他的嘴張大到幾乎佔了半個身子，猙獰的面容浮現，可是他卻依舊在退後著，他們不敢靠近……他們在害怕！

「走！快走……」厲心棠繞過車尾，不穩的撲向了胡眞心，「現在快走！」

胡眞心趕緊抱住厲心棠，這妹妹怎麼回事？連站都站不穩了！「妳是怎樣啦？」

「快點走！」厲心棠根本聽不見她在說什麼，只覺得耳鳴得厲害。

「欸！唉！」胡眞心本想叫厲心棠幫忙，但看這妹妹根本自顧不暇了，她繞到阿龍頭部那兒，從腋下拖過他，重新往車子裡拖。

她的一舉一動，都只是讓亡者恐懼，他們更加退縮，厲心棠幾乎確定了亡靈不敢上前，他們或許也不會再阻止他們！她往隧道口望去，出口已現，剛剛擋在那的亡者都已經退開。

根本不需要什麼法器吧，她略收了手，趕緊搖搖晃晃的走回副駕駛座。

「走了！」胡眞心現在沒有腦容量去思考這些，她踩下油門，就往隧道口駛去。

『啊啊啊——放我們走！』後面的亡者突然悲悽的哭喊著，一群亡靈追著車子後頭哀號。

厲心棠半開著窗，回頭望著伸長手求救的亡者，在出隧道口的瞬間，她朝窗外扔出了名片！

紙片飛揚著，在車子離開隧道口時，紙片穩穩的落在了陰暗的隧道當中。

腐敗的手拾起了紙片，上頭只有四個字：「百鬼夜行」。

亡者們開始痛哭失聲，嘔啞嘈雜，他們尖叫的聲音傳不出去，他們也無法找到任何人幫他們，更別說前往所謂的「百鬼夜行」了！

他們出不去啊啊啊啊！

軋——小貨車終於煞住，胡眞心緊緊握著方向盤，身子僵硬，她全身都濕透，手指開始發抖，剛剛的一切簡直是夢，還是地獄級的惡夢！

「胡姐。」厲心棠敲著耳朵，勉強聽得見聲音了。

胡眞心二話不說的打開車門，繞過車頭站到路邊，看著下方的溪谷，直接發洩式的放聲大吼：「啊啊啊啊——」

厲心棠嚇得屏息，幸好這一次她的叫聲如同一般人類一樣，不是剛剛那個……不屬於這個世界的叫聲。

「是什麼鬼東西？我的天！我從來沒看過這麼多好兄弟！」胡眞心回身，看著後方漆黑的隧道，「那些都是蘭庄裡的人嗎？」

她雙手搓著一頭亂髮，一時眞的難以承受，那是她沒辦法忽略的模樣，他們眞的死得很慘，各種死法都有，殘缺不全，而且男女老少，連幼小的孩子都沒有放過……爲什麼？

但沒有那個復活的少女，她看見少女在一個看起來很寬敞舒適的豪宅裡，某個男人正在悶死小孩，而另一個女人全身血紅的躺在血泊當中……那個少女穿著白色的衣服，但是她身上帶著血與泥汙，頭髮是濕的，看起來就像是從水裡撈起來一樣。

她是倒栽蔥在淤泥裡淹死的對吧？胡眞心看著從某個房間裡走出的她，嘴巴裡的確吐著泥沙。

髮絲從指縫中穿過，胡眞心卻發現到自己的髮尾，竟然是白色!?

「咦？」她粗魯的抓起一綹，她所有的髮尾都是白色的！

胡眞心混亂的拆掉髮圈，放下長髮，她向來不染髮的，一頭深黑色的烏黑長髮，現在尾端五公分的地方，卻齊齊的變成了銀白色。

厲心棠謹愼的下了車，她也看到了那詭異的雙重髮色。

「銀白色……」厲心棠撫著那柔順長髮，緩緩的望向胡眞心。

「爲什麼？這太莫名其妙了，我就算被嚇到要一夜白髮，也該從髮根開始白吧？啊我當然不是希望變白髮，在髮尾也很好啦，只是……」胡眞心自己都不知道自己在胡說八道什麼。

「報喪女妖，是擁有一頭銀白頭髮的。」厲心棠看向黝黑的隧道，他們順利出來了，亡者們在恐懼而沒有留下他們。

他們是害怕胡眞心的，再忿怒，也選擇了跪求。

「所以咧？我有這一截五公分是什麼意思？」胡眞心眞不喜歡那個詞，「報喪女妖報喪女妖報喪女妖，到底是什麼東西啦!?」

爲什麼只有胡眞心記得少女的復活？爲什麼她會因爲哭聲與尖叫聲夜不成眠？又爲什麼那些亡者會懼怕她？要求她釋放他們？

「妳說，妳親眼看見少女復活，烏鴉漫天啼叫，妳見證了一切對吧？」厲心棠看著掌心的銀白髮，「會不會，妳不只是見證者……」

「那還能是什麼？」這說得胡眞心慌了。

「共享者，」厲心棠捏緊了銀白髮尾，「妳也是報喪女妖。」

阿龍沒有被緊急送醫，而是被胡眞心一路送到了郊外的殯儀館，金哥出來一看就嚷著不好。

「他出事你送到殯儀館來幹嘛？這裡是收死人的地方啊！」金哥碎碎唸著，「妳是想讓他躺進哪裡啦？停屍間還是火葬場啊？」

「唉唷！賣鬧啦！」胡眞心焦急得來回踱步，「大家都行內人，多少懂一點，快點幫我看他怎麼了！」

「還怎麼了？就中邪啊，印堂這麼黑沒看見？」金哥一邊唸著，一邊對著神明拜拜，又燒香又祈福的，然後拿著香在躺在神桌前的阿龍周圍繞了一圈。

厲心棠去自動販賣機買了奶茶，一口氣喝光後，把護身符跟佛像什麼的都往身上掛，人也沒舒服多少，但是至少聽得見了，報喪女妖的叫聲眞是不得了，搞得她想吐，耳朵還痛得要命！

「別找我別鬧我！」她一路往洗手間去，舉起右手，她最近開始在右手戴上店裡象徵人類的金色手環，「有事歡迎去百鬼夜行，找我沒用。」

一來宣傳，二來也算能證明她是「百鬼夜行」的人，也就不敢對她亂來對吧！

洗了把臉，廁所的氛圍影響不了她，店裡每個角落都是這種陰風慘慘，只要不要出現突然嚇她的亡靈就好了！等她收拾好走回正廳時，阿龍還是躺在那邊，臉色奇差無比，胡眞心跪在神桌前誠心膜拜，那個叫金哥的人也在。

厲心棠翻出買來的東西，有一包維他命C，上面貼著驅邪，所以她去盛了杯水，把維他命C給倒進去。

「胡姐，試試？」厲心棠戳戳胡眞心的肩頭。

她睜眼，莫名其妙，「試什麼？」

「叫阿龍起來看看。」她低語，「類似那種喊全名，請他立刻回來。」

胡眞心望著她，緩緩眨眼，再睜開，「叫魂嗎？他就還沒死——」

「半條命了，他這樣子應該有魂魄留在蘭庄，妳得叫他回來！」厲心棠拉著她站起身，「別忘了剛剛隧道裡的事，大家都希望妳放他們自由啊！」

「我是……」胡眞心心煩意亂的唸著，厲心棠的理論她還不能接受，她現在一心一意就是想救阿龍而已，「好啦！」

她站在阿龍身邊，召喚這種她很會啊，深呼吸後，三秒入戲，張口就是哭調喊著：「阿龍！回來喔！」

呃，厲心棠有點不理解，叫個人爲什麼要哭啊？

金哥嚇得跳起來，目瞪口呆的看著這情況，厲心棠連忙阻止金哥，就讓胡眞心先叫一下。

胡眞心哭得肝腸寸斷，厲心棠看得瞠目結舌，「你快給我滾回來！」剎那間，阿龍睜開了眼，然後是狠狠抽氣的聲音——「啊！」

「阿龍？」胡眞心喜出望外，立刻伸頭過去，「喂，你醒了？」左右各拍了幾下臉頰，阿龍看起來有點痴呆，眼底都是困惑，厲心棠忙不迭把剛泡好的檸檬口味維他命C遞給胡眞心。

「驅邪牌維他命C，讓他喝。」她幫忙將阿龍扶坐起，由胡眞心負責餵食。

胡眞心細心的餵著阿龍，他倒也沒反抗的喝下，只是喝完後幾乎分秒不差，突地全身顫抖抽搐，接著痛苦的從擔架上滾下來，嘩啦的吐了一地！

吐出來的不是剛剛喝下的檸檬水，而是一地的深黑泥水。

「別碰別碰！」金哥反應迅速，連忙拉開厲心棠。

胡眞心則趕緊拖開咳個不停的阿龍，阿龍眼神彷彿恢復神智，緊皺著眉看上去既痛苦又心慌。

「……眞心！」阿龍第一時間，看向身邊的胡眞心，緊張的探視她的狀況，「妳沒……沒事嗎？」

「我好好的！是你嚇死我了好嗎？」胡眞心突然冷不防的哭了出來，生氣的搥打著阿龍。

喔喔，厲心棠在心底明白，看來不只是夥伴啊。

金哥開始處理那灘泥水，焚香燒符，香灰覆蓋泥水後掃出，厲心棠趁機把買來的符紙點燃焚燒，唐大姐的符紙燒出來的煙顏色都很怪，全是黑煙非白煙，而且煙超大，但瞬間就把四周的黑氣全部吸附，唰地自地面往上衝，從天井裡飛了出去。

折騰了半小時後，一切終於恢復平靜，阿龍也終於能開口。

原來那時他在屋外報警，一切都很正常，可是當接通蘭庄警局後，他就聽見有人叫他的名字，接著他就什麼都不記得了；如果成哥的話爲眞，那他就是被催眠，準備去上吊。

「抓交替啊！」胡眞心顯得很氣忿。

「不，不是……那裡的人不是在抓交替，成哥不是說了，他們是自相殘殺，應該只是要讓我們不能離開那裡。」厲心棠否決了這個想法，「或自殺，或是拖住我們，總之，進入蘭庄的人是不能離開的。」

阿龍狐疑的思索著，「但我們……」

厲心棠即刻看向胡眞心，她緊張的搖搖頭，「別鬧喔！我跟那個女生不一樣啦！我才不是什麼報喪女。」

說歸說，但她卻無法解釋亡靈對她的懼怕，以及她的頭髮爲什麼後來又恢復了原樣！現在看過去一樣是一頭烏黑，可是出隧道時，的的確確是銀白髮尾。

而且胡眞心也把看見李芝凌的事告訴厲心棠了，一切事端的起源。

「報喪女跟哭喪女，好像也太巧合了點。」厲心棠起了身，「李芝凌已經離開蘭庄了，成哥說她應該是追著那些逃出的人，持續去報喪了。」

眞執著啊。

「李芝凌？芝芝喔？」燒完金紙的金哥一走進來，就抓到話尾，「我好一陣子沒見到她了膩！」

三個人不約而同望向金哥，「金哥，你認識？蘭庄的高中女生？」

「芝芝很有名啊，她就最會說：你家要辦喪事了。」金哥還模仿起來，低垂著頭，緩慢舉起右手，指向了空中，「你的親人會出事，你有家人會出車禍，你有——就是烏鴉嘴芝芝。」

「遠近馳名啊！」胡眞心有點發寒，「金哥，我一直說重生的就是她。」

金哥不耐煩的擺擺手，又來！又說什麼有人死而復生，而記錄本都給她看了，就沒有哪個高中女生溺死的案子啊！而且他是知道李芝凌的啊！

「看來她眞的很有名，這麼多人排擠她。」厲心棠能理解那種處境，「沒想到她被欺負至死，復生後還能成爲眞正的報喪女。」

「她喔，我覺得她應該眞的看得到什麼吧！她其實不要講就好，人各有命嘛！妳講了就像妳詛咒了人是不是？」金哥搖了搖頭，「我們什麼都做不了，每個人喔，都有自己的課題啦！」

話裡話外，都聽得出金哥是信李芝凌的啊！

「我要回去了，我不能待在這裡。」厲心棠有點焦急的起身。

「嗄？這麼急？」胡眞心有點錯愕，「我家在附近，要不要明天再——」

「不行！有件事我不太放心，妳要不要跟我走？妳以爲妳還有幾個明天啊？」

厲心棠收拾著包包，「阿龍留在這裡休息好了，我們得先回首都。」

「什麼叫還有幾個明天？」阿龍回魂似的，第一時間問向胡眞心，「妳不是說妳在裡頭沒出事嗎？」

胡眞心閃避著阿龍的眼神，其實她自己也說不出個所以然。

「一個屠掉整個蘭庄的少女，妳猜猜，當她發現自己的能力被一個路過的傢伙分走時，她會怎麼做？」厲心棠俐落的揹起背包，逕自往外走去。

分走她的能力？胡眞心下意識望著自己的頭髮，眞的是心裡有一千萬頭草泥馬奔過。

「這是我願意的嗎？有人問過我嗎？喂！」

半夜兩點，紅色的燈在黑暗中刺眼的亮起，雖無聲但依舊令人難受，值班的護理師看著監視器裡、大門外的男人，呈現出一臉驚慌。

「那個人打算爬過來了！」她趕緊通知同事，「讓警衛出去！」

夜班的護理長跟著跑過來，看著監視器中某個爬過雕花大門的人影，搖了搖頭，「通知所有人，將各樓層關閉，小心不要刺激到患者。」

「好！」說話的護理師即刻按下桌前的鈕，於此同時，各樓層走廊上的橘色燈號開始閃爍。

每一樓層的值班人員悄悄開始移動準備，每一層樓的櫃檯與電梯都在中間，兩旁的走廊均有封閉門，外牆窗外再加一層隔音罩，等等走廊上也得封住，避免患者受到刺激。

而五樓8號房裡的女人，跳開眼皮，直直看著天花板那雪白的甘蔗板，吃吃的笑了起來。

「嘻嘻……來了！來了！對生命心懷敬意的接受命運吧，見到報喪女妖的人會慘死，被通知的人等著收屍，嘻嘻……嘻嘻嘻……」

即使她全身被束縛帶綁住，卻依然發出令人發麻的尖笑聲，笑得喜出望外。

七樓的隱密房間裡，闕擎終究是睜開了眼。

有人在敲他的窗，慢速且有頻率的叩咚、叩咚，他坐起身往窗戶看去，這個人纏了他好幾天，是個沒有鼻子以上的亡者，除了不停喊著『讓我進來』之外，什麼都沒辦法說。

糾纏他也沒用，他無法幫這些亡者做任何事情，既不會驅鬼也不能幫他們超渡，更沒有幫助他們找到身分、身體或是完成遺願的意思；以前他就是這樣，開無視，反正他都設有結界防護，這些亡者進不來主建築，前些日子他會將亡靈引到「百鬼夜行」，現在既然想跟厲心棠切斷關係，就回到自己解決的日子吧。

讓他醒來的不是這個牛頭鬼，而是8號房的笑聲，他的牆上有一整排小小的燈，橘燈亮起，他擰起眉抓過外套，出了房間。

「先生，你已經闖入私人土地了。」警衛拿出電擊槍，「請你出去！」

五、六個警衛盡量堵成人牆，擋住了擅闖精神療養院的男人，防線及時堵在鐵門後的兩公尺內！大門距離主建物是個長達二十公尺的下坡，這段距離就是緩衝。

「我有很重要的事，我必須跟她說！走開！」男人看上去顯得瘋狂，「我是醫生，我是精神科醫生，我叫葉文石，你們有我的資料的！」

「不管你是誰，可以打電話或是請白天再過來，不是晚上擅闖。」

「沒有時間了！她來了，她來了啊！」葉文石喊著，突然聲淚俱下的哭了起來，「她讓我犯下了不可原諒的錯誤，我到現在才從警局出來，但我一定要告訴她……」

沒人聽得懂，也不需要聽，警衛們同時往前跨了一步，試圖把葉文石逼出去。

有護理師站在警衛後方數公尺觀察看著這一切，手裡的無線電傳出沙沙聲響，她緊張的趕緊拿起。

「闕先生，有個人翻牆進來，不是平時那個女孩，是精神科醫師，應該是之前的葉醫師。」護理師準確的說出他的身分，「前幾天那個有問題的新患者，就是他的病患。」

「……他進來做什麼？」

闕擎有點好笑，不是平時那個女孩！厲心棠妳眞是讓人印象深刻。

「葉醫師看起來不太對勁，衣衫不整而且頭髮很亂、眼神非常驚慌，現在又哭又笑的，一直說她來了，他必須警告誰。」護理長說著時，葉文石正在大吼，試圖突破警衛人牆，「可以電擊他嗎？」

「太大聲就電，不必客氣。」闕擎放下對講機，直接進入電梯直抵二樓。

他未曾遲疑的走進了一間病房，一路走到了中間的病床，拉開了個簾，病床上蜷縮著埋在被子裡的女孩，看起來似乎是沉睡。

「不必裝了，起來。」闕擎站在床邊冷冷的說，「葉文石來找妳了。」

喝！被子裡的少女睜開眼睛，緩緩將被子往下拉，看見病床邊的男人時，顯得相當緊張。

「走。」他抓過床尾的外套扔給她，「不要讓他吵醒大家。」

少女難受緊張的坐起，還是趕緊跟著闕擎往外走，她是前不久新來的患者，病歷上寫患有思覺失調症、也有失眠，夜晚開的藥物應該都是能讓她熟睡的，但闕擎一進房就看見她踢亂的拖鞋，看來是在窗邊偷窺後，緊急衝回病床時移動的。

「誰都不能信！一定要告訴她！」葉文石還在瘋，「她會變成任何人，逼瘋我們，迷惑我們啊……啊啊！鄭湘瑤！小瑤啊！」

越過了警衛牆，他看見了由下方走上的人影，前頭是個高瘦神祕的男人，他身後穿著病服的就是鄭湘瑤！

「請你安靜點，我們好好說話。」闕擎走上來，出聲警告，「否則就電擊你，扔出去。」

「噓……噓……」葉文石像孩子似的比著噓，眼神的確帶著癲狂，「再怎麼小聲，她都聽得見的……」

「老師？」鄭湘瑤看著葉文石的模樣，反而不敢靠近，「您是怎麼了？爲什麼這個時候跑來找我？」

「小瑤啊……」葉文石望著她，淚水噴湧而出，「她找到我了！她向我報喪了！」

報喪。這兩個字多刺耳，闕擎全身都覺得不對勁。

鄭湘瑤臉色刷白，整個人都在發抖，「爲什麼？她爲什麼會找你？你那時根本不在學校啊！」

「因爲我什麼都沒有做……她就找我了。」葉文石痛苦的抱頭痛哭，「她奪走了我的妻子、我的孩子！她一定會來找妳的！」

闕擎突然間拉過了鄭湘瑤，直接往門口推。

「咦？哇……做什麼？」鄭湘瑤嚇得用腳煞車，「你不要碰我！推我幹嘛！」

「出去！」闕擎不客氣的將她往前推，「我就覺得妳的入院大有問題，果然只是來這裡躲事的！」

鄭湘瑤踉蹌得朝前差點跌倒，她穩住後趕緊又往回奔，警衛不明所以不知道該不該攔，但是闕擎卻伸出能動的手擋下她。

「我是患者，你不能就這樣趕我走！」鄭湘瑤嚷了起來，「凡事都要講求程序！你這樣半夜把我扔出去，我能去哪裡？」

「那不關我的事，我不能因爲妳一個人而危害整個精神療養院。」闕擎毫不留情，「把這兩個都攆出去。」

警衛雖有遲疑，但這裡的主人是闕擎，聽令行事就是了。

「能……能有什麼危險！我就只是一個病患而已！」鄭湘瑤連忙爲自己開脫，「我怎麼可能危害到全部的人！」

「如果報喪女妖對妳報喪，是要我們全部的人陪葬嗎？」闕擎不悅的瞪向還在說謊的少女。

咦？鄭湘瑤愣住了，她瞪圓雙眼看著這個具有神祕氣質的男人，她看過他幾次，感覺是這所療養院中重要的人物，長得非常古典，很好看但也難以親近，總是一身黑色裝束，黑色的前髮遮去了眼睛，如今藉著大門的燈光，也難以瞧清雙眸。

「你知道……報喪女妖是什麼嗎？」鄭湘瑤猛地衝向了闕擎，啪嘰就跪下，「求你幫我！幫幫我們！」

闕擎朝兩旁警衛使了眼色，命令不變：丟出去。

「不——我不要！」被拉起的鄭湘瑤叫著，「我的東西都還在裡面，你們不能這樣！」

「幫她收好，也扔出去。」闕擎回頭朝著護理師下令，護理師即刻以無線電通知二樓的值班人員。

門口一片混亂，五樓卻是熱鬧非凡，8號房的患者欣喜若狂，又尖叫又笑的喉嚨都快啞了。

「嘻嘻，來了！啊真的來了！」女人驚愕得瞪圓雙眼，「誰要死了？誰該死了？」

落葉聲沙沙，一組足音正從遠方的林中傳來，闕擎很快就感受到詭異的氛圍，他凝視著黑暗的遠方，看著林間設置的路燈轉暗、閃爍，進而失去光芒。

「全部進去！立刻！」他突然大喝，連警衛都愣住了，「我要關上鐵門。」

護理師即刻通知內部，同時與警衛往建築物奔去，闕擎按下手裡的遙控鈕，鐵門緩緩關閉；而嚷著不想走的鄭湘瑤與葉文石愣在原地，丈二金剛摸不著頭腦。

「我……好！」她轉身看向葉文石，「老師，跟我來！我們先——」

闕擎往前一步，「不包括你們，你們不是我們療養院的人。」

「我是！他、他是我訪客！」鄭湘瑤任性的說著，「這位先生，你三角巾都還裹著，我只是不願意動手而已，否則我輕易就能——」

「嘖嘖嘖，看看，果然囂張的人不管到哪裡，還是一樣囂張啊。」

遠處的聲音聽起來非常普通，但是卻已讓闕擎面前的兩個人臉色發白，僵直了身子。

從外頭巷子要來到精神療養院，必須通過一個兩分鐘的樹林，黑暗中傳來女孩的聲音，還伴隨著鼓掌聲。

闕擎不由得低咒起來，痛苦的閉上雙眼，他早該警覺到，8號房那傢伙不會無緣無故那麼喜出望外的！

因為她知道，報喪女妖不僅僅是出現。

而是會來到這裡！

鄭湘瑤回過了身，看著從黑暗走出的白色身影，那個他們都該熟悉的同學，

噢，不。

報喪女妖。

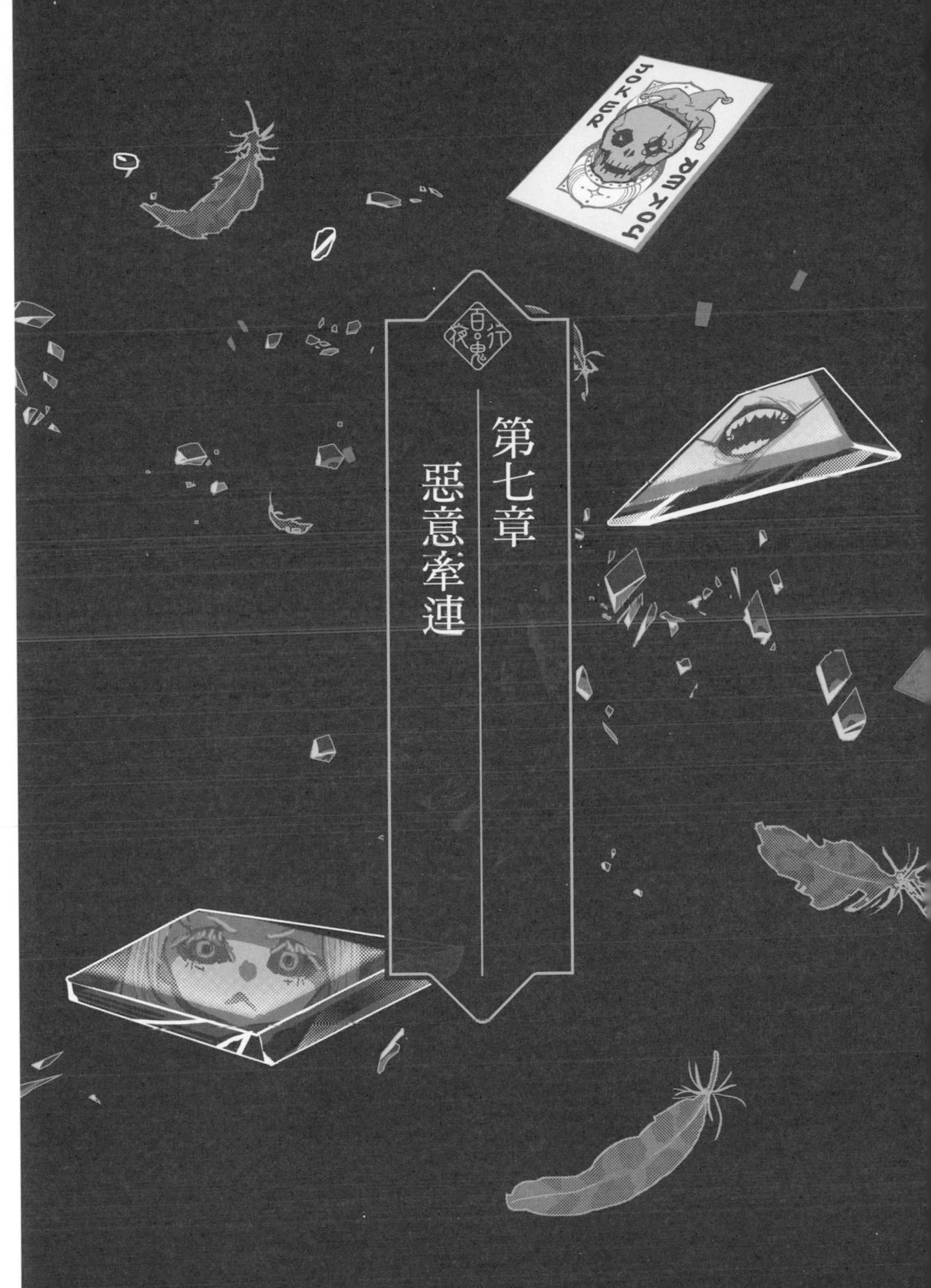
百鬼夜行
第七章
惡意牽連
JOKER

喀……雕花鐵門緩速的要準備關上，闕擎對現況十分不耐，令人厭惡的師生還是待在他的精神療養院範圍內，怎麼不識趣點滾出去啊！

「啊啊啊……」鄭湘瑤簡直不敢相信，李芝凌眞的來了！是李芝凌！

她想要跑，可是闕擎卻眞的非常不客氣的抵住她，「妳不要自私到拉全部的人陪葬！」

「我……」鄭湘瑤咬著牙，看著那棟象徵保護的建物。

「她本來就是自私的人。」外頭走近大門的少女，其實是黑色長髮與白色洋裝，跟傳聞中的銀白髮有些差距，「還特別喜歡把事情歸咎於他人身上。」

闕擎比較在意的是，她身後還有另一個男孩，距離她有一段距離，像是守候者般，可是看上去好虛啊。

「李芝凌……」葉文石看見她，眞的是痛與恨同時上湧，「妳竟連我女兒都不放過！」

「她身上插的刀又不是我刺的，怎麼能怪我呢！」李芝凌微笑著，「老師應該要謝謝我啊，我幫你做了不在場證明，也湮滅了所有證據，不會有人查出來，是你親手殺了師母、悶死兒子、刺死那個才七個月的嬰兒的。」

什麼!?鄭湘瑤緊張的揪緊心口，「老師，你也……」

「都是她！都是她害的！」葉文石抓狂的指向門外的李芝凌，「是她幻化成我的樣子去接近我老婆，卻讓我以爲那是別的男人，又誘騙我刺殺她，結果每一刀殺的都是我親人！」

是……是這樣嗎？鄭湘瑤有種恍然大悟的感覺，在她逃離蘭庄時，認識的鎮上鄰居們就是這樣自相殘殺，突然盛怒的殺死親人，或是一點小糾紛就對罵，還有許多人莫名其妙的自殺，全部都是因爲——她看向李芝凌，幻象嗎？

「都是妳幹的嗎？妳用了什麼邪術，讓大家出現幻覺？」鄭湘瑤難受的問著，「我們到底欠了妳什麼？妳要這樣趕盡殺絕？」

「那我欠了你們什麼呢？」李芝凌輕輕撥動著長髮，「妳從小學就開始欺負我了，全班全鎮都在打壓我，我欠你們什麼了？」

「妳咒我們，妳詛咒大家！」鄭湘瑤咬著牙，「錯在妳，不是我們。」

錯誤答案。闕擎嘆了口氣，他眞的不想管門外事。

可是現在站在門外這位看上去如電影中絕塵精靈的少女，全身散發的卻是腐敗及死亡的氣息，人不人鬼不鬼，他很難形容她是什麼，但絕對不是正常人……像是一半踩在地獄一半踩在人間的東西。

「她是被這位葉醫師硬安插進來的患者，我之前有事沒能留意到，正準備趕他們走，你們的事請自己處理，不要牽連到我們。」闕擎突然開口，「這裡所有人都是無辜的。」

「你怎麼可以這樣？你既然知道她是報喪女妖，要見死不救嗎？」鄭湘瑤不可思議的喊著。

「爲什麼見死要救？我對任何人都沒這個義務。」闕擎皺起眉，說什麼廢話，「我還沒追究你們僞造病歷進入療養院的事，都給我滾出去。」

「她是變態！她會巫術！她殺了我們整個鎮一千多個人啊！」鄭湘瑤抓著闕擎的衣服搖著，「你不能這樣……」

「我無能爲力，這是你們的恩怨。我也只是個普通人。」闕擎冷靜回應，少女並沒有殺氣，看起來也算理性。

既然對方有目標，也不是要纏著他解決問題的亡靈，不如就快點切割吧！

李芝凌凝視著闕擎，她怎麼看都覺得這個好看的大哥一點都不像是「普通人」喔！

「妳爲什麼不殺我？妳可以折磨我的，爲什麼要害死我妻兒？」葉文石望著李芝凌，痛哭失聲，「你還用我的手，讓我親手殺了他們……」

「這才叫報喪啊，老師！我通知的是你，你家會有喪事，所以你要好好治喪。」李芝凌彎了腰，看著跪地崩潰的男人，「節哀順便囉！」

「嘲弄著別人的悲傷就是妳的用意嗎？妳讓大家自相殘殺，讓我們痛苦，就能舒服些嗎？」葉文石抬頭看著她，「那就不要幫我滅證，他們就是我殺的，讓我贖罪……」

「那多沒意思啊！我就是要你記得你殺死親人的過程與手感，但是又不必伏法，在外界的關心慰問下，以一個受害者家屬的身分自居。」李芝凌滿意的笑著，「但我會讓你永遠記得，是你殺死他們的！」

一輩子的心理折磨，才是她想要的。

「啊啊啊——」葉文石突地暴走，直衝向李芝凌。

李芝凌被狠狠撞倒，後頭的男孩立刻衝上前，不客氣的想要拉開葉文石，可是精神面臨崩潰的他哪有這麼容易被拉動，他壓著李芝凌，雙手掐住她的頸子，瘋狂的咆哮。

「去死去死去死去死！」他失控的尖吼著，「爲什麼妳這種人要存在在這個世界上！沒有人欠妳什麼，沒有人應該要賠妳什麼！」

李芝凌表情平靜的任葉文石掐著，她不痛不癢，她已經死過一次了，不會再死第二次。

「你們想殺我幾次？隨便。」她躺在地上，黑色的長髮漸漸轉成銀白，「上次是鄭湘瑤讓我跌進溪裡，現在你打算掐死我嗎？」

「嗯？」鄭湘瑤揪著拳頭，跌進溪裡？有這件事？「我們、我們什麼時候讓妳跌進溪裡了？」

李芝凌微笑不語，那瘦弱的男孩還在死命想拉開葉文石，葉文石大手一甩，孱弱的孩子立刻踉蹌跌地。

鐵門即將關閉，縫沒多大了，闕擎右手冷不防揪住鄭湘瑤的衣服直接往外面拖。

「哇啊！不要不要不要！」她抓住了鐵門欄杆，「我不要出去！她會殺了我的！」

不，她不會。

看她對葉文石的做法，就知道這女人應該會對鄭湘瑤重要的人下手，好進行精神折磨，要讓她如同葉文石般痛苦不已。

這精神療養院沒有一個人是她重要的人，不該遭受池魚之殃！

李芝凌雙手反握住掐在她頸子上的手，葉文石一雙手立刻乾癟枯瘦，他在慘叫中鬆手後被她推開，緊接著李芝凌跟殭屍似以平躺之姿原地彈起，焦急的跑去探視那個少年。

就在這時，鄭湘瑤騰出手，竟狠狠的朝闕擎的斷骨重擊！

「啊！」疼痛難當，肋骨再裂，闕擎直接鬆開了手，痛得倒地打滾。

鄭湘瑤鑽回院內範圍時，鐵門同時關上，她第一時間往建物裡狂奔而去，她要躲回醫院裡！痛到咬牙切齒的闕擎絲毫沒有任何辦法，只能眼睜睜的看著她真的衝回了療養院裡。

「啊啊啊啊……」葉文石試圖以手撐地坐起，結果他已腐朽的手一使勁，瞬間化成灰燼，兩隻手掌根的地方，全數灰飛煙滅！

死亡的力量，她就是死亡的代表啊！

「闕擎！」不該出現在這裡的聲音，伴隨著腳踏車扔地聲傳來，厲心棠？

闕擎根本無法反應，就聽見有人俐落的爬上雕花鐵門，再俐落的跳下來……這傢伙真的一回生二回熟是吧？這麼會翻牆？

溫暖的手使勁的抱起闕擎的雙臂，「這是怎麼回事？你爲什麼倒在這裡？」

厲心棠拉起他，卻沒忘記看向對面林子裡的混亂，以及那位一頭銀髮、但髮尾是黑髮的女孩。

「報喪女妖！妳重生不該是濫殺無辜，隨意定人生死，妳已經讓秩序大亂了，許多不該死的人突然死亡，地獄根本來不及處理！」厲心棠朝著對面喊著。

李芝凌才剛安頓好那瘦弱的男孩，他的臉色發白，氣色非常非常的差，正虛弱的靠在樹幹上。

「為什麼這麼多礙事者，關你們什麼事！我既是報喪女妖，我就是死亡的代表。」她大步走向葉文石，但沒有出手的意思，而是筆直走到大門前，「你們想護著這些人嗎？死一個或一百個對我來說，都是無所謂的！」

「……沒……沒有要護住誰……」闕擎痛得直冒冷汗，「那個鄭湘瑤，不是我的人。」

鄭湘瑤？厲心棠聽過這個名字啊。

李芝凌原本想再往前，但卻沒來由的被一股力量震懾住，她狐疑的看著地板上那騰升而起的黑色結界，這裡面……有什麼東西嗎？她不是進不去，而是好像進去了，會冒犯到什麼似的。

「這是我的事情，外人不要插手，而且你……」李芝凌蹲下身，打量著他們，「你也是報喪者嘛，你身上的死亡氣息一點都不少。」

「鄭湘瑤……不關我們的事……」闕擎只是一再咬牙重複這句話，「不要去傷害……任何人……」

「只要是護著我討厭的人，就是與我站在對立面，我受苦的時候，可沒人幫我，現在輪到他們了，卻每個人都想出頭，太不公平了。」李芝凌冰冷的笑著，「喪鐘一敲，你覺得你能有多少條命可以賠給我？」

「煩死了！就說不是我們的人了！」厲心棠氣急敗壞的喊著，「妖也有妖的規矩吧！我記得妳應該是好不容易才重生，不要浪費了這次重生的機會！」

李芝凌詫異的看著厲心棠，爲什麼這女生好像知道很多事情？

「我報喪是天經地義的，我只要重生了，就有引人死亡的權利！我不打算濫殺，但是擋路的、瞧不起我的，我都不會放過。」李芝凌手在空中一畫，憑空出現了一張古卷紙，「我是簽過合約的，我可以對任何人報喪，我能讓任何人死亡！只要我對一千人報喪，我就能獲得完整的力量。而地獄，要去適應處理我的做法。」

羊皮紙卷攤開，一堆密密麻麻、不認識的語言寫在上頭，闕擎現在只想來劑止痛針，根本不想管這些妖魔鬼怪、狗屁倒灶的事情！

厲心棠雖然只瀏覽了一眼，但她還是看懂了。

「妳別亂啊！我去過蘭庄了，一千多個人，不可能每個人都對不起妳！我知道妳是李芝凌，就是個高二學生，妳應該有預知他人死亡的能力吧，妳或許是想警告別人，但不是每個人都能接受妳的好意，大家會覺得觸霉頭……那就不要講就好了，我……」

李芝凌臉色丕變，她根本沒在聽厲心棠說什麼，而是站了起來，用睥睨的姿態瞪向她。

「妳、去、過、南、庄？」

李芝凌的臉開始龜裂，她的每一個五官都被裂痕隔開，都化成不同人的樣貌，她沒吼出來的話應該是：那妳怎麼可能出來!?

厲心棠抱著闕擎往後拖了兩步，這移動讓闕擎吃疼得咬牙，她趕緊伸出手確認無名指上的蕾絲戒指是在的，還有將包裡的金剛杵擱到自己面前。

鐵門乓的關上，闕擎拉下了厲心棠。

「妳去，把門栓門上，再扣好。」他微弱的說著，「一定要鬥到底。」

「……好！好！」她輕柔的放下闕擎，大步往前。

李芝凌就站在鐵門外，依舊瞪著厲心棠，「妳怎麼出來的？那裡是我的領土，沒有我的允許，凡進入者都不可能離開。」

厲心棠大膽的上前，與李芝凌僅一門之隔，手在下頭摸索著厚重的門栓。

「話也不必說得太滿，我很順利的出來了啊！」她一邊說，一邊看著李芝凌僅留五公分的黑髮，看來她猜得沒有錯，胡姐怕是分到了報喪女妖的力量了。

好不容易摸到門栓，她瞥了一眼即刻要鬥下，但就在眼眸低垂的瞬間，李芝凌突然留意到她的行爲，雙手握住門把，施力就要推開！

哇！厲心棠不想掩飾了！低頭準備把門栓給門到底！

插到底的瞬間，明顯的有股光穿透整扇雕花鐵門，原本在李芝凌手裡正準備生鏽腐蝕的大門，下一秒竟硬生生將李芝凌撞開！

「啊——」她幾乎是騰空往後飛起的，但是卻極其優雅的煞住身子，再從容落地，活像吊鋼絲一樣咧！

她不可思議的看著這扇大門，再看向自己發黑的雙手，這間精神療養院不簡單啊！

她收了手，雙拳緊握，有幾秒的時間先變成死狀，但旋即又恢復成空靈模樣。

「妳知道我的另一半在哪裡。」李芝凌也不想拐彎了，「我復活那天，有個女人在那裡，我記得。」

厲心棠紮實的把門栓門好，還插進孔洞，接著緩步後退，「看來報喪女妖想在兩個身體上重生。」

「不該如此的，她沒有那個資質！我，才是那個從小就能預知他人死亡的人！否則報喪女妖不會選擇我！」李芝凌瞥了眼樹下虛弱的少年，「我不糾纏你們，只要告訴我那女人在哪裡！」

「我不會告訴妳的，因爲我知道完整的報喪女妖有什麼力量，到時候你想要輕易的奪走整個首都的人的性命都可以。」厲心棠冷靜的說，「我覺得報喪女妖選錯人復生了，她不該選擇力量，應該選擇人品的！」

「閉嘴！我本來就是眞正的報喪女妖！」李芝凌氣急敗壞，雙眼一秒變得血紅，指向了厲心棠，「妳，我要跟妳——」

「我是百鬼夜行的人！妳可別亂報喪喔！」

厲心棠突然氣勢洶洶的打斷了報喪女妖的話語，也如同她一樣打直自己的右臂伸出，還刻意讓右臂上的手環與蕾絲戒指秀出來。

李芝凌是在一秒噤聲的，她眼神是直勾勾的瞪著厲心棠的蕾絲戒指，滿臉的忿怒、焦急，還有不情願。

「我會找到他們的。」她眼神移動，越過了厲心棠，卻看向倒地的闕擘，「你等著我的送葬曲吧。」

她後退數步後，旋身而去，卻溫柔的攙起那個少年，快速的隱於黑暗的林中。

厲心棠站在鐵門邊緩緩收回手，繞了這麼多路，最後還是搬出「百鬼夜行」最有效。

有點不甘心的握了握拳，她調整情緒後看向躺在外頭地上的葉文石，不知生死，但她現在不宜開門。

轉身奔回闞擎身邊，她試著想再扛起他，但每動一下，他就喊疼。

「我去找人幫忙！」她焦急的要衝向建築物。

「等……」闞擎抓住了她，「妳、妳回百鬼夜行去！」

走開啊！

厲心棠甩開了他的手，都什麼時候了，還在跟她堅持這個！他剛剛沒看到嗎？報喪女妖是對著他說話的，如果要讓他有喪事，這整棟精神療養院每個人都逃不掉好嗎！

打完強效止痛針後，闞擎怒不可遏的下令去把鄭湘瑤挖出來，還有將她的個人物品收拾好，他即刻就要帶走她！

「別生氣別生氣！」厲心棠連忙在一旁安撫，她沒見過闕擎這麼忿怒的模樣，「有話好好說吧！」

「好好說？」他止步回頭瞪她，「妳應該比我更清楚發生什麼事吧！等等好好跟我交代那女人的事！」

哎喲喂呀！厲心棠趕緊跟上，她知道闕擎心急，但是現在這樣氣急敗壞的無濟於事啊！兩人一起進入電梯內，厲心棠不太敢說話，突然覺得有點累，因爲她眞的是坐車趕回來、再一路殺過來，可累死她了。

「妳爲什麼這時間會到這裡來？」闕擎睨著她，「妳知道那女人會過來嗎？」

厲心棠挺直背脊，悄悄瞥了他一眼，「哎唷！幹嘛瞪我，我又沒怎樣，我剛還幫你耶！」

抵達一樓時，闕擎叫她隨便去找位子坐，半夜三更，一樓交誼廳自然沒有人。安靜的夜晚，她打了個呵欠……太累了，倦意襲來，誰讓她剛剛在火車上也沒能好好睡。

「我等等要帶那女的找地方待，妳回去吧。」闕擎走出時端了杯茶跟一小塊巧克力出來，「妳吃點，氣色不好。」

咦！咦咦！厲心棠看著桌上的水跟點心，一雙眼閃亮亮的抬頭看向他。

「別逼我收回。」他聽得電梯聲，回過了頭。

電梯裡拖出了被束縛帶綑住的鄭湘瑤，她連嘴都被塞住了，試圖掙扎但沒什麼氣力，因為剛剛已經在她身上用了微量的鎮定劑。

「丟到我後車廂去。」闕擎將車鑰匙扔給警衛。

「嗚……」鄭湘瑤掙扎著，一雙眼睛梨花帶淚，可惜闕擎一點都不會心疼。

厲心棠咬著紙杯，看著少女被扛出去，「好粗暴喔！好歹讓她坐後座吧？」

「不值得。她陷這裡所有人不義，我得把她處理掉。」闕擎依舊非常生氣，緊握著拳，「我順道載妳回去吧。」

趁著止痛藥還有效前，他必須把事情做完。

「……去我家吧。」厲心棠上前拉住了他的外套，「我們去三樓，在那裡報喪女妖也不敢造次！」

「我不管報喪女妖做什麼事，只要不要傷害到這裡的人就好了。」闕擎搖搖頭，「我說過了，我不想再跟……」

「剛剛報喪女妖是對著你說話的。」厲心棠飛快的打斷她的話，「她對你報喪，要唱送葬曲。」

闕擎震驚的望著她，話哽在喉頭說不出來，前髮遮住的雙眼都瞠大了，「什麼!?」

厲心棠用力的點頭，「你剛剛趴在地上看不到，很痛我知道，但是李芝凌眞的是對著你說的，因爲她不敢對我說！」

「她爲什麼不敢……不是，她爲什麼要針對我？我甚至不認識她啊！」闕擎心都涼一半了。

「因爲……」厲心棠沒敢說，眼神是瞄向窗外下方、那個剛被扔進後車廂的女孩，「報喪女妖可能覺得你在護著她。」

「我護著——」冷靜，闕擎很想這麼告訴自己，但做不到，「所以我要把她扔出去，不能讓她危害到這裡的每個人。」

「這不是我們能做到的！去我家吧！我家鬼這麼多！」厲心棠再三勸說著，闕擎其實知道她說得有理，但是……唉。

他跟厲心棠切斷關係才三天又七小時而已！

但去「百鬼夜行」或許是最好的方式！闕擎轉身向資深護理師說明狀況，這幾天必須謝絕訪客，也不要讓任何人離開這棟建築物，等等他離開後，外面那扇雕花鐵門一定要鬥上。

「除了我，誰都不讓進，我會給暗語，有人如果長得像我卻沒暗語，也不能進。」他低語交代，「五樓每一間病房都封鎖，任何人員不能進入，8號房就讓她沉睡。」

交代完後，闕擎載著厲心棠上車，後車廂完全沒有掙扎的動靜，藥效正在生效，鄭湘瑤意識清醒卻動彈不得，覺得自己活像被綁架的人；車子駛離精神療養院時，那位葉醫生依然倒在樹林裡，他雙手手腕以下的腐爛似乎正在漫延，可是這麼近看著，厲心棠可以確定他還活著。

報喪女妖果然只會帶來死亡，她觸及的東西都會腐爛，甚至包括精神療養院的那扇鐵門。

路上厲心棠打電話向「百鬼夜行」，凌晨四點依舊是夜店營業時分，拉彌亞接到電話後，輕易安排妥當，基本上闕擎下車時，後車廂的女孩就已經消失無蹤，被移動到三樓了。

每每看見這種景況，闕擎都會深刻提醒自己，「百鬼夜行」裡的任何一位，都能輕易要他的命。

「綁架——救命啊！」鄭湘瑤彷彿恢復氣力，嘴套一拿下來就開始尖叫，厲心棠正爲她戴上金色手環，她嚇得低首。

「這個在店裡都不能取下，一旦取下妳應該會被秒殺。」她客氣的說著，「這是三樓，二樓都是鬼跟妖怪，也有魔物，一樓才能看到人類，基本上妳走到二樓就會被吃掉了。」

「妳是瘋了嗎？以為我會相信妳的鬼話？」

餘音未落，門被敲了兩下，那個身體綻裂開的車禍亡靈端著茶點進來了。

「拉彌亞交代這些妳都得吃掉，先生是這杯茶得喝完。」亡者彎下身時，鄭湘瑤甚至可以看見他裂開的骨頭與肌膚裡的內臟。

鮮血往下滴著，卻在滴進茶飲前消失。

「謝謝！」闕擎禮貌的頷首，這又是新來的。

厲心棠拆掉了束縛帶，覺得這女生才莫名其妙，「妳都看見報喪女妖了，還有什麼不信的？」

「報喪女妖？李芝凌眞的是妖怪？」鄭湘瑤說這話時，恐懼的看著車禍亡靈退出房間。

闕擎端起送來的茶一口氣飲下，他希望這杯是麻醉藥，可以讓他斷骨短期內都不會痛，「速戰速決，誰先說？」

「我去過蘭庄了，那裡的人幾乎死光了，只剩下山上的住戶……但也是半死不活！主要就是那位李芝凌，讓鎮上的人互相殘殺。」厲心棠讓鄭湘瑤找旁邊的沙發坐下，就別想逃出去了。

鄭湘瑤焦急又難受，她先是抱著頭低咒，接著自己又激動的哭喊叫嚷外加搥牆，最終交握著雙拳，瑟瑟顫抖。

李芝凌一直是怪人。

她總是會望著無人的地方，總是會跟空氣說話，跑到別人面前說誰誰誰快死了，小時候大家都覺得是孩子不懂事，但是當她說的每一句不祥都成眞後，她就成了「烏鴉嘴李芝凌」，人人厭惡的過街老鼠。

「我爸媽就是被她咒死的，他們要送我哥去大學宿舍，她前幾天就跑來跟我說，我家恐怕會有喪事，只會剩我一個人！我眞的氣死了！我爸媽聽了也怕，最後改成送我哥到車站，其他東西就用寄的好了。」鄭湘瑤哭著回憶，「但就是在去車站的那段路，就出事了……我怎麼能不恨她！她爲什麼無緣無故要來咒我爸媽！」

「她或許只是能預知死亡而已，不是什麼詛咒。」厲心棠輕聲的說，「所以你們後來刻意欺負她，最終害她摔落橋下溺斃嗎？妳沒印象，但她是眞的死了，重生後才變成報喪女妖，所以六月十二號後，蘭庄發生了什麼事？」

鄭湘瑤根本聽不懂，但日期卻很清晰。

「鎮上的人會因爲一點小事起爭執，或是互相說對方的不是，再好的朋友都會反目成仇，不是說偷錢，就是說對方先動手打人，互罵到互毆，或說出幾十年來的不滿，接著便開始出人命。」鄭湘瑤皺著眉搖頭，「我看到李芝凌每次都在附近觀看，而且她……完全變了一個人，變得非常漂亮，卻是在嘲弄著大家！」

那晚她很生氣的衝上去想找李芝凌理論，可是李芝凌卻一副懶得理她的樣子，扭頭就走；她之前從未知道李芝凌長得那麼好看，好看到令人覺得有點詭異……

「她爸媽都對她很不好，我一有事就是去找她爸媽告狀，結果……」鄭湘瑤說著打了個哆嗦，「我才踏進屋子，就不知道踩到了哪一肉塊，她家全部都是屍塊，非常可怕，甚至都已經有味道了。」

最簡單的想像，李芝凌的爸媽彷彿有炸彈似的，磅的炸開。

「所以妳逃了嗎？逃到首都來，妳叫葉文石老師，算是投靠老師吧！讓他替你僞造病症，塞到我的精神療養院來。」說到這點，闕擎的眼神變得陰沉。

「我什麼都沒了，我沒有家人，其餘親人是住在其他縣市……你們不知道有個很常欺負她的學長，某天走到我家門口，叫我出來，當著我的面自己割開喉嚨，死前還告訴我：早晚輪到妳！」鄭湘瑤嗚咽一聲哭了出來，「我怎麼能不逃！我在群組告訴大家要小心李芝凌後，我一個人收了包袱就離開了，我跟葉老師一直有聯繫，他兩年前在我們學校當過輔導老師，我就求他幫我……」

厲心棠正默默看著手機裡的新聞，晚上有樁血案，某精神科醫生的妻小慘遭謀殺，目前凶犯成疑，她把手機亮給闕擎看，他倒是平靜。

「是丈夫殺的，就是這位前輔導老師，他說被幻象蒙騙，親手殺了妻小，然後報喪女妖還幫他製造不在場證明。」闕擎眼神回到鄭湘瑤身上，「這位葉文石是爲妳而死啊，好學生。」

「……並不是！」鄭湘瑤激動的否認，「老師之前是輔導老師，但他從來沒有管李芝凌被欺負的事，說不定是因爲這樣，她、她……她就是想要殺光蘭庄的人！」

「嗯哼。」闕擎托著下巴，「這想法很正常，因爲她的世界就是那個生長的地方，沒有人待見她，她自然也不需要對任何人仁慈。」

「我們沒對她怎樣！是她先、先到處說有人會死的！」鄭湘瑤氣急喊著。

厲心棠有點尷尬，「但是，都是眞的不是嗎？」

「……對！就是因爲這樣！所以她是在詛咒大家，爲什麼我們要喜歡這種人？誰會喜歡？妳嗎？」鄭湘瑤瞪著厲心棠問，「除了心理一樣有問題的季暉外，哪個變態會喜歡她啊！」

厲心棠看著鄭湘瑤，忍不住輕笑了一下，笑裡是難掩的嘲弄。

「季暉，那個弱不禁風的男孩嗎？」闕擎只專注自己聽到的。

鄭湘瑤緊抿著唇，依然是不情願與滿腔怒火，「兩個都是變態。」

報喪女妖有在意的人啊……闕擎倒是把這件事刻進心底了。

「她復活後就成了真正的報喪女妖，報喪女妖本來就能幻化成各種形態，所以她應該利用這種能力，誘使這個醫生還是老師的，親手殺了家人，再讓他陷入自責。蘭庄裡的凶手最後幾乎都自殺。住在山上的人因爲平時沒怎麼欺負她，所以成爲報喪女妖的隨從。」厲心棠有點尷尬的嘖了一聲，「但萬一出事也是活不了，呈現半死不活的狀態！總之，現在蘭庄是只進不出，所有人只要進去就絕對不會出來。」

鄭湘瑤含著淚看著厲心棠，「但妳出來了。」

「嗯哼。」厲心棠點了點頭，看著闕擎，「妳猜這女生在復活時，誰在旁邊？」

「重點。」闕擎沒好氣的扯了嘴角。

「有個哭喪女剛好就在停屍間，所以報喪女妖的能力有部分在她身上……可能只有十分之一，基本上她沒什麼能力。」厲心棠抓起自己的頭髮，「剛剛那個報喪女妖是一頭白髮、但髮尾帶黑，我認識的那位呢，是一頭黑髮，髮尾帶白。」

「妳跟她一起去的蘭庄？怎麼認識的？現在店裡開發新行業？」

「是她來找我們的！她自己不知道變化，所以一直聽見哭聲與慘叫聲，無法入眠，跑來找我們幫忙。」厲心棠一擊掌，「幸好有她，不然我真的離不開蘭庄！」

闕擎嗤之以鼻的笑了聲，「大姐，妳想出來是分分鐘的事好嗎！就算是報喪女妖，也得賣『百鬼夜行』面子吧！」

厲心棠歪了歪嘴，養大她的妖魔鬼怪，的確是她最大的「靠山」。

不過話到此，闕擎也留意到了，從厲心棠出現在療養院開始，就只有她一個人。

「那另一位報喪女妖呢？沒跟妳一起？」

「她的朋友在蘭庄中煞了，我們救回了人，但魂魄應該沒有全部救出！所以她不願意跟我回來……她本來就住在蘭庄附近，沒有要離開的意思。」厲心棠咬咬唇，「我是因爲覺得報喪女妖一定會到這裡來，才趕過來的，我一路上都在發訊息給你啊！沒看到嗎？」

噢。闕擎挑了挑眉，他把那支智障型手機關掉了，說好要切斷關係的啊！

「妳爲什麼知道她會來？」

「因爲胡姐，就是那個哭喪女看見李芝凌在某個人家裡，親眼見到被殺的女人，凶手正在悶死小孩，我覺得她是跟李芝凌產生共鳴，她看見的應該是剛剛那位醫生吧！8號房的病人那天那麼害怕報喪女妖會來，結果這麼剛好李芝凌在首都，這種事不會是巧合。」厲心棠這時看向了鄭湘瑤，「逃離蘭庄的只有妳嗎？還是還有其他人？」

鄭湘瑤抿著的唇開始發顫，他們跑出去的人有很多，但是、但是……

「我想可能都出事了，所以她才想躲到精神療養院吧！算算時間距今也三個月了，那女孩都已經能找到當年的老師了，我想應該是處理得差不多了。」闕擎手指在桌上輕點，「該不會……就剩妳呢？」

因爲，他的精神療養院是有設下各種結界的，除了爲了自己不輕易被打擾，最重要的是爲了院內的「特殊病患」們。只要不侵入建物都沒關係，但相對的，無論人鬼，都沒那麼好找。

鄭湘瑤恐懼的深呼吸，「我們……招誰惹誰了？沒有一個人需要被這樣對待啊……」

她其實是害怕的，說著便痛哭失聲起來。

闕擎有條件相信她是最後一個！但因爲這種人，拖累了他跟整間精神療養院，他想到就忍不住皺眉，滿身心的不耐煩。

「她針對我眞的太沒道理，我從來沒有要護著她的意思！妳知道我的，我不可能保護誰！」闕擎每個字都是咬著牙說的，「我那時都要把她推出去了，如果不是她刻意撞斷我接合的肋骨，我也不至於會倒地。」

厲心棠瞪圓了眼，她趕到時闕擎就已倒在地上痛苦難當，是因爲……她伸出手，就往他胸口探去。

「又斷了？」

「她弄斷的，毫不猶豫的往傷口上撞，否則我能讓她回到醫院裡？」闕擎氣忿的搥了桌子，「受傷眞的很無能，什麼都做不了。」

厲心棠緩緩轉向抽泣中的鄭湘瑤，這女生居然刻意往闕擎的傷口上撞？這太過分了吧！

門又被敲了兩下，鄭湘瑤嚇得縮上沙發躲進角落，只是這次進來的是西裝筆挺的拉彌亞，她迅速的環顧一下房內狀況，看起來大家狀況都不是很好。

「拉彌亞！」厲心棠看到她倒是激動，「報喪女妖的最高能力是什麼？她爲什麼會突然先附身在一個死亡的少女身上？」

「她就是帶來死亡的人，最高級的完整力量，是她可以用一首歌就送走整個城市的人。」拉彌亞嘆了口氣，「但報喪女妖一般不會濫殺無辜者，她們多半是感應到死亡才會現身……」

「才不是！李芝凌不是這樣的，她、她很可怕……她是故意讓我們鎮上所有人互相殘殺的！」鄭湘瑤驀地哭喊出聲。

「我聽受害者話裡話外，是她幻化成各種形象引起誤會挑起殺機吧！」闕擎對於葉文石的話倒是聽得明白，「所以是她誘使大家下手的，算是親自製造死亡。」

「班西從來不是邪惡的，她是半鬼妖，但不是……這麼殘忍的人！」拉彌亞也爲這件事苦惱，「她殺了不少人，但是那些人根本壽命未到，地獄現在也是亂成一團，不過……無論如何，人死不會復生，鬼界終究得扛下來。」

「還有一千多個靈魂都困在蘭庄，所以鬼差也收不走，所以現在她已經擁有完整力量了嗎？」

「不，剛你們說了，是自相殘殺，所以還是人殺人或是自殺，並不是由她報喪而成，這有些許不同。」拉彌亞搖了搖頭，「但雖不中亦不遠，我想她再認眞一下，就能完全恢復成百分之百的報喪女妖。」

「她想把瞧不起她、藐視她的人都解決掉，讓他們眞正體會她的報喪都是千眞萬確，而死亡是出自於自己的手。」

「她找錯了人重生啊……」拉彌亞嘆了口氣，「人品不行，這樣只會造成亂象。」

「妳們果然知道她！所以是附在那個李什麼的身上，能趕她走嗎？」闕擎做出一個推的動作，「像是驅魔一樣，把她從那個少女身體趕走？」

拉彌亞搖了搖頭，「她不是附身，是重生。」

上一代的報喪女妖是距今一百多年的女人，她也是個能預知死亡的人，其實力量不強，無法知道死亡方式，但是卻可以篤定的知道誰家會出事；一開始她是爲了警告朋友，希望阻止他們的出行或是出海，但沒有人把她的話當眞，最後卻出事了。

但此後她變成眾矢之的，人人將她視爲洪水猛獸，即使她謊稱亂講的或是占卜得來都沒有用了。當又有人死亡時，其家屬質問她是否早知道他家人會死，她猶豫再三承認了，但是因爲怕大家排斥她，所以沒敢說。

結果又變成她明明預知會出事而不加以阻止，落到裡外不是人，最終被認爲是女巫，整個家庭與孩子都被排擠，被趕到山裡去生活。

「她最後被她的丈夫親手淹死的，淹死她後，放火燒掉身體，其丈夫才能帶著家人重回村裡過正常生活。」拉彌亞長嘆著，「但是她沒有怨懟，也沒有想復仇，只希望能再等個幾百年，待文明開化後，再找機會重生。」

被淹死的，厲心棠想起李芝凌生前也是掉進水裡淹死的，所以才會被選中重生嗎？

「文明開化啊？」闕擎看著鄭湘瑤，冷笑著，「我看她應該再等個上千年吧！」

「誰、誰喜歡被人咒死？誰啊？」鄭湘瑤並不情願，「你們自己想想，生活過得好好的，有個人跑來對你說你家人會死，你會怎麼想？」

「噢，我經歷過啊，一模一樣。」闕擎劃滿了微笑，「我向對方道謝了呢！」

鄭湘瑤氣得臉色陣青陣白，「你也是變態！」

「說話客氣點喔！」厲心棠突然一拍桌子站起，指著鄭湘瑤厲聲警告，「妳現在是在我們的庇護下，態度放好一點，不然我隨時都能把妳趕出去，召喚報喪女妖前來料理妳！」

鄭湘瑤嚇得即刻噤聲，又蜷起雙腳抱著雙膝，咬唇低泣。

拉彌亞倒是訝異於厲心棠的怒火，這丫頭平常很少這麼盛怒的啊，是爲了……她悄悄瞄向闕擎，又是爲了他？

「所以幾百年前那婦女就是報喪女妖囉？她爲什麼一定要……是個人呢？她不能就跟你們一樣，就是個牛鬼妖嗎？」厲心棠不解的是這點，「而且她還有契約，每次重生只要報喪一千人就能回復力量，這太扯了，爲什麼給她這麼大的力量？」

拉彌亞愣住了，「爲什麼妳會知道簽約的事？」

「她有拿出來證實，是張羊皮紙，上面都是我看不懂的文字……不過看起來她很懂。」闕擎這是讚許，「我不知道那幾秒妳就看得清楚啊。」

「我看得可清楚了，但我更在乎的是，誰給她這種力量——」厲心棠突地往前逼近拉彌亞，「那個簽名，是、叔、叔、的。」

喝！拉彌亞的眼睛在黃眼與白正常人類的眼睛間切換，她驚愕的看著厲心棠，這小丫頭不但看得眞切，甚至連老大的簽名都看出來了。

闕擎聽了傻在當場，那羊皮卷上的簽名字是「百鬼夜行」的老闆？那位看上去儒雅又出眾的熟男？問題是能跟報喪女妖立下簽約字據的人——那得是什麼身分啊？

我的天哪！闕擎更加認眞審視自己跟厲心棠斷絕關係時的口吻與方法是不是要再溫和一點了！

「我不能替老大回答這件事。」拉彌亞當機立斷，她什麼都不該說，「我只能告訴妳，報喪女妖是不該如此的，過往數代沒有人這麼做，而現在這位她完全就是將私怨凌駕於所有之上。」

「有解決報喪女妖的辦法嗎？」闕擎覺得那個少女怨氣這麼大，只怕也不會把以前同學殺掉就罷手。

「有點難，剛拉彌亞說了，她不是附身，是重生……」厲心棠覺得有點頭痛，「選這個李芝凌是因爲同能力，還是報喪女妖眞的轉世在她身上啊？」

拉彌亞笑而不答，這不是她該說的事。

「我去問叔叔——」厲心棠哼了聲，準備出門又給折回來，「拉彌亞，妳能幫闕擎嗎？他上次肋骨斷了，剛剛又被那女生弄斷一次，他這麼痛很難幫我。」

「我並不需要——」闕擎本想下意識回答，但突然覺得識時務者爲俊傑啊，「不，我很需要，報喪女妖針對了我，她對我報了喪，我怕她傷害我精神療養院裡的患者！」

拉彌亞很遲疑，因爲這傢伙老是傷棠棠的心啊。

「拉彌亞，拜託！」厲心棠握住她的手，「報喪女妖對闕擎下手，她如果想殺他身邊的人，我應該也逃不掉吧？」

「她沒辦法傷害妳的。」拉彌亞撫著她的臉，帶著心疼，「我不能插手，妳去找德古拉或是雪女試試吧！」

拉彌亞嘆口氣，朝向闕擎頷首，希望他能理解她的難處，因爲「百鬼夜行」規定不能干預人界事宜，身爲店經理，她不能知法犯法。

厲心棠可急死了，想起上次在山上的事，當時的闕擎就是靠止痛劑撐過的……一旦藥效褪去。

「都是妳！」她忿忿的瞪向鄭湘瑤，「妳居然弄斷他的肋骨!!」

「我……我是因爲他想把我趕離精神療養院，我是不得已的！」李芝凌辯解著，「我是患者，他明知道李芝凌在外面，卻要在半夜把患者趕出去，我急我怕！」

「藉口一堆。」厲心棠根本不想聽，轉身來到闕擎面前，「我不會讓報喪女妖碰你一根毛的，包括那個精神療養院的所有人，愛唱歌的女士，喜歡動物的動物……」

喔，厲心棠說的那位動物男性，已經躺在3號房裡，再也不能動了。

闕擎自然沒說，她不需要知道這麼多。

她眼眸低垂，彷彿在思考著，接著轉頭瞥了鄭湘瑤一眼，再看向闕擎，便起身離開。

房間裡就剩下鄭湘瑤跟闕擎，他手裡握著帶出來的一整盒止痛針，想著該如何好好分配這個數量。

「你們……是什麼人？」鄭湘瑤小小聲的問了，「能、能讓李芝凌那個怪物停止嗎？」

闕擎笑了，他看著這個其實也很青春的少女，光聽她說話，就覺得一肚子火。

「世界上這麼多人，每個人都不同，但把不同之輩視爲怪物的你們，又高尚得到那裡去！」闕擎瞧都不想多瞧她一眼，「我們啊，也是妳口中所謂的怪物喔。」

鄭湘瑤打了個寒顫，她緊緊抱住自己的雙腿，她才不管這些大人們說什麼大道理，她只知道她家人死了！同學們也都死了，現在唯一能幫他的老師都出了事，目睹過這種慘狀的她，要怎麼樣去看待李芝凌？
她本來就是個徹頭徹尾的怪物啊！

第八章 回到原點

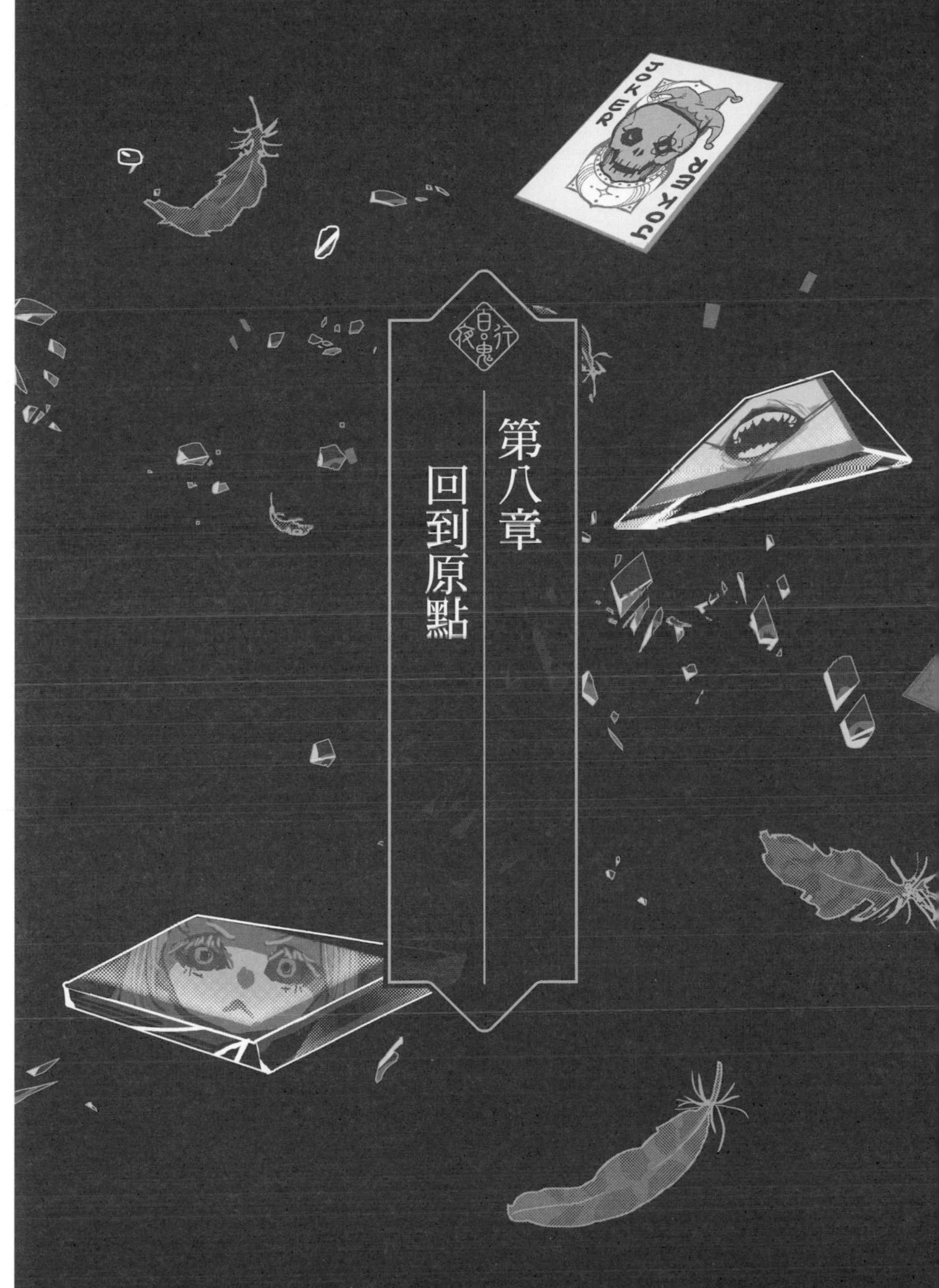

厲心棠直接包了一輛車，他們要直接去找胡眞心，闕擎看著她忙進忙出，意外的發現她其實會的很多，也很獨立，在各種鬼怪不插手的前提下，她依然能擬出很詳盡的方案。

他們要回蘭庄，直接回到報喪女妖重生之地。

鄭湘瑤自然是死都不願意回去，她想回精神療養院，這可讓闕擎怒不可遏，不過厲心棠卻告訴她，要解決所有事就必須回去，否則不管她躲到哪邊去都一樣。

更別說，現在精神療養院根本就是箭靶吧。

「很痛嗎？」厲心棠提著袋子從店內走出，關心的看著倚在車邊的闕擎，「我也準備了些止痛藥，到時不行的話可以吃。」

「……」闕擎看著她把東西放到後座，「止痛藥沒效的。」

也站在一旁的鄭湘瑤一直處在崩潰狀態，她想報警又不敢，那個女生說了，會幫她解決這件事，因爲他們已經被牽扯進去了！大家現在都是一條船上的人……但如果她造次，就沒有人要幫她了。

「我再準備一些水跟零食，在路上可以吃。」她瞥向鄭湘瑤，「喂，妳進來幫忙拿東西！」

「我？」鄭湘瑤倒抽一口氣，那裡面有可怕的人啊！

闞擎伸手拉住了厲心棠，似笑非笑的，「很像，眞的非常像……但妳不是厲心棠吧？」

「厲心棠」詫異的看著闞擎，旋即露出微笑，一眨眼化做了拉彌亞的模樣，車子另一邊的鄭湘瑤掩嘴驚叫，她都快嚇死了！

「也不是拉彌亞，眼神不對。」闞擎沉吟著，「你是阿天嗎？就是會幻化成厲心棠去打工的那個？」

「拉彌亞」笑了起來，突然一掌往闞擎的斷骨那兒擊去，這一敲痛得錐心刺骨，闞擎整個人痛彎了腰，倒在「拉彌亞」的臂彎間，連叫都叫不出聲——不過僅僅數秒，疼痛感逝去，連呼吸都變得毫無壓力。

「我不喜歡報喪女，那傢伙跟我一樣，可以變來變去的很惹人厭。」「拉彌亞」的聲音卻是個壯漢，「尤其隨便報喪，更煩！」

被推著站直身的闞擎大口呼吸，不痛了！他試著壓著肋骨，他的骨頭好了？

「暫時的，不然你會拖累棠棠的。」這位拉彌亞一回身，又變成了狼人的龐大姿態，「把那個女妖打掉重練啊！」

門一開，裡面跑出了眞正的厲心棠，她差點撞上狼人時眨了眨眼，「嚇死我了，我還想小狼什麼時候回來的！阿天！你不要鬧喔！你怎麼跑出來？」

狼人走進了「百鬼夜行」旁的甬道裡，一邊哼著歌還跳著舞，厲心棠緊張的探視著外面的情況，相當介意大家有沒有事。

「他暫時修復了我的肋骨。」闞擎覺得身子萬分的舒爽，「我的天哪！不會痛的感覺眞好。」

「咦？眞的嗎？」厲心棠笑開了顏，「你要好好感謝阿天喔，他最愛養樂多了，記得買一箱！」

「那有什麼問題！」闞擎由衷的感謝，此時拉彌亞也步出送人了。

司機是「百鬼夜行」的合作司機，知道這間店裡都是些什麼人物，因為他過去曾肇事逃逸，有亡者纏上了他，也是透過「百鬼夜行」才解決的，他非常的信任他們，對於這間店的「特色」也知之甚詳。

尊重，不要多嘴，就能相安無事。

準備好就要出發，司機坐進駕駛位後，催促著驚魂未定的鄭湘瑤趕緊上車。

「我會加油的。」厲心棠與拉彌亞擁抱，愉快的坐進後座。

闞擎上前，與拉彌亞握手，在一瞬間，他突然大膽趨前。

「我有個不情之請，請幫我守護精神療養院。」他直接附耳，拉彌亞有一秒的抗拒，但忍住了用蛇尾把他揮出去的衝動，「因爲……」

嗯？繫好安全帶的厲心棠一轉身，就看見闕擎在跟拉彌亞說悄悄話！悄悄話！拉彌亞最討厭別人這麼接近她了，闕擎怎麼敢的啊!?

只見拉彌亞瞪大了雙眸，轉爲蛇眼的眼睛不可思議的看向闕擎，他肯定的點點頭，加重了握手的力道。

「我會。」拉彌亞給了承諾，「我想那不算插手人界事務。」

「謝謝。」闕擎再三道謝，甚至行了禮。

轉身上車，闕擎珍惜著終於不疼的胸膛，後座的鄭湘瑤咬著指甲滿心恐懼又不甘，而厲心棠拿著手機，正式通知胡眞心：咱們蘭庄見。

隨著開關亮起，窄小的房間有了光線，一張床、一個簡陋的衣櫃、一張書桌，東西堆得到處都是，地板上都是未整理的衣服，衣架上的書包帶著慘綠的顏色，上面寫著「蘭庄高中」。

相較於外頭，房間裡的血跡很少，畢竟這裡算是最早命案的起源地，那對夫妻是在客廳慘死的，看來李芝凌挺珍惜自己的房間。命案的封條都還在，胡眞心輕易的扯斷，大膽走了進去。

文具跟課本都還在原地，上面積了層灰，小強與米奇到處都是，胡眞心忍著噁心，先試著用震動趕走這些住客，戴著手套開始搜尋李芝凌留下的東西；現在的孩子應該沒人在寫日記了，但她覺得筆記本或課本上，應該都會留有情緒發言的紀錄。

她翻找著筆記本，同時不安的往外頭瞧去。

客廳的角落站著一個肥胖的男人，他面向牆壁，不停的唸著『酒，給我去買酒，快點去買酒。』但從頭到尾也就對著那面牆做出要前進的姿態，卻一步都走不了。

「阿龍，你跟我進來好了。」胡眞心走到客廳，阿龍跟她不一樣，她怕這些亡者會對他不利。

拉起阿龍時，他遲鈍的點點頭，胡眞心瞥了眼客廳黯去的神桌，這裡只怕已失去了神明的庇佑。

「對……不起……」阿龍緩緩說著，口水從嘴角流了下來。

「沒有什麼好對不起的，是我對不起你，我不該讓你來蘭庄的。」胡眞心將他安置在身邊的床上，她好看得見。

阿龍點點頭，乖乖的坐著。

一抹黑影掠過了門口，是穿著花睡衣的壯碩女人，她剛進屋時迎面就瞧見了，這女人整張臉除了血盆大口外沒有別的五官，嘴裡像鯊魚般滿嘴利齒，也總是張大嘴，像是在吼叫或是在哀鳴。

不怕，不怕！胡眞心把尖叫呑進去後，這麼告訴著自己，下意識握住身上掛的護身符，行得正坐得直就不怕，而且現在是好兄弟們怕她，對吧？

阿龍醒來後，棠棠就急著要回首都，因爲棠棠斷定她朋友那邊會出事；但阿龍狀況還是不妙，而且她跟阿龍的家就在K縣，沒有跟棠棠去首都的必要，再加上離開蘭庄後，她再也沒有聽見哭聲跟尖叫聲了。

最重要的是阿龍的魂魄沒有全數回來！他是她帶去蘭庄的，是她的責任！

原本她心底有個惡質的想法：就此放下。

如果蘭庄出事三個月都沒有外人知道，也沒人去查訪親人的失蹤，那只要她不說，當作沒這件事不就好了？就心安理得、相安無事的繼續過日子，下個月有個大CASE，人家預約整套的牽亡陣，她都還沒聯繫咧。

生活都這麼辛苦了，被纏上已經很衰尾，能甩掉就甩掉，沒有這麼多閒工夫對吧？

但是，卡在阿龍的魂魄終究必須全數歸位，她不得已只能拼了！

「我其實覺得很煩！我在這行打滾這麼多年，就沒遇過這種事！」胡眞心喃喃碎唸著，「我也不是故意要待在那裡的，我哪知道會有人復活這種事！」

阿龍笑了一下，依舊呆呆的，「沒……沒關係。」

「哪會沒關係！這關係可大了，報喪女妖？我是人，誰在那邊妖！而且我是哭喪女好嗎，送人走的那種！」她唉呀了聲，「你放心啦，我一定把你救出來，我們下個月有場大的，記得嗎？」

阿龍凝視著她，好一會才點點頭。

胡眞心雙手捧著他滿是鬍渣的臉，在一起這麼久，她絕對不可能棄阿龍於不顧。

管他丟了多少魂魄，她全部都要找回來！

所以她跟棠棠聯繫上，知道個大概狀況就好，反正太詳細她也聽不懂，她只知道，回蘭庄就對了！

這裡好兄弟實在是有夠多的，而且都很可怕，但是他們更怕她啊……胡眞心看著亡靈恐懼退散，自己都覺得好笑，這感覺好威風，但笑著笑著還挺想哭的。

棠棠說了，報喪女妖會要回她的全部力量，絕對會來找她的，實在有夠夭壽！事情又不是她主動，能力也不是她去搶的，硬要找她麻煩就是了。

知己知彼，百戰百勝啊！所以她直接回到蘭庄，就到那個什麼芝芝家，來看看這是個什麼傢伙！

筆記本上果然沒幾頁就有一些陰暗的詞句，週記上還有老師的評語，叫她要開朗些，胡眞心一本本翻著，試圖拼湊出這個女孩的個性。

我復活了。

我記得我從橋下翻下去，我也記得我栽進水裡的掙扎，我怎麼呼吸都是滿口泥土，一下子嗆到不行，但是沒有人來救我……他們怎麼會來救我呢？是他們把我打下去的啊。

結果沒有人記得我掉進蘭庄溪淹死的事，可是我卻記起了許多事情，我不是人了！我比之前看得更清楚，我知道哪些人會死、哪些人的親人會死，連死亡時間都能知道。

你們都說我詛咒人，但我沒有！我只是說著即將發生的既定現實，但是現在我活過來了，我是眞的可以詛咒人了。準確的說，我是能把死亡帶給大家的人。

老師，這會是妳最後一週看週記，星期一開始，妳會知道什麼叫做腥風血雨。

堅定的字跡，一筆一筆寫在最後一篇週記上，而旁邊紅筆的落款寫著老師的評語：妳的心態非常不健康，我會跟妳父母聯繫，是不是要帶妳去找醫生好好看看！沒有的事不要妄想，同學間相處都很好，沒有人欺負妳，妳有沒有想過從頭到尾是妳不喜歡接觸別人呢？

「六月十二號。」胡眞心看著日期，是李芝凌復活的那週！她一復活就已經決定要大開殺戒了嗎？

「不是啊，這太奇怪了！人家不想聽就不要講嘛，如果是命運，那就讓命運好好發生，少說兩句唄！」

不過，如果是她喔，有種穩定生意來源的感覺。

「哎呀，呸呸呸！我在亂想什麼！這年頭哪天沒死人是吧！」胡眞心嘆著氣蓋上筆記本，坐上床緣，「欸，阿龍，我在想我們是不是去考個遺體修復師？」

嗯……嗯嗯。阿龍緩慢的點了頭，「好像……不錯！不錯。」

「我覺得我們熟悉這行的話，就一直朝這行走下去，反正我們也不太介意，對不對？」胡眞心之前就想過了，「跑外送很累，送葬也是很累啦，但至少我們熟啊！」

她拍拍阿龍的手，堆滿微笑的看著他，「一起去學怎麼樣？」

阿龍呵呵的咧開嘴，反握了胡眞心的手，用力一掐，笑了笑。

她其實不確定阿龍懂還是不懂，金哥說他問了神，阿龍掉了一魂一魄在蘭庄裡，人也就三魂七魄，就有一個魂掉在這兒那還得了？可是他還是他，看上去變得呆呆的，懂多少她也不知道。

看著被反握住的手，她心有點暖暖的，緊緊的回握著，「我會救回你，讓我們一起去考！你放心！」

爲了阿龍，這種鬼地方她都來了，還有什麼可怕的！

外頭已經暗了下來，有影子在窗外移動，胡眞心直接大步走出去，也把客廳的燈給打開，再直接步出院子。

「都給我滾！遠離這裡，少來吵我！」她中氣十足的大喊，哭喪女的分貝跟肺活量可不是浪得虛名的，「裡面那個是我的人，誰給動他給我試試看！」

『呀——』

『嗚嗚……』

回音陣陣，哭聲連連，這整個蘭庄就是一個死城，她可以看見各種黑影跟鬼影幢幢，就是李芝凌家這棟屋子周遭，沒有半個好兄弟敢造次，除了……她回頭，看向屋裡的原主人。

「你們這對父母喔，李芝凌會這樣絕對跟你們脫不了干係……」胡眞心進屋就指著角落的爸爸罵，咦？媽媽呢？

她嚇得即刻轉身，衝向了李芝凌的房間，果然看見那血盆利牙大口，正對著阿龍的頭要咬下。

「妳給我住手！」她尖叫著，隨手抓著手裡的本子就往媽媽身上扔去。

但是在本子扔到媽媽之前，她就彷彿爆炸般炸了開，整個人像是紅色的粉末般，在空中炸出紅色粉塵，卻沒有一絲一毫沾上阿龍的身體或是這間屋子的任一角落。

「混帳！」她緊張的繞過床尾，到對面查看阿龍，他依然呆呆的，只是在看見她湊近的臉時，會痴痴的笑，「沒事吧？哈囉！應該沒事吧！」

她碎唸著，開始找剛剛被扔出的那本筆記本，本子落在椅子下方，她彎身去撿時，卻看到了床底下。

床底有道銀色的閃光吸引她的注意，她打開手電筒往裡照去，在床底下的正中央，有個銀色鎖扣的小盒子。

「這什麼寶貝啊？」

胡眞心把盒子放上書桌，這裡不是命案現場，所以警察沒找到嗎？或是那時蘭庄已經大亂，根本沒有蒐證這件事？盒子很普通，只是個塑膠盒，外頭有個銀扣，扣上簡單的鎖。

「對不起了。」她隨手抽過桌上的美工刀跟尺，直接採用粗暴法將盒子給撬開。

盒子裡是擺放著好幾落整齊的撲克牌，胡眞心訝異的發現，這些撲克牌都是手繪的，而且畫得還很精細，是李芝凌畫的嗎？

背面的幾何圖形一絲不苟，精細到她一度以爲是印刷的！只是當她翻過來時，卻被每張撲克牌上的圖案嚇到了。

圖片裡都是死人，各式各樣的死狀，有車禍的、有溺斃的、有摔落山徑的、也有因病去世的；光車禍就分成不同場景，機車、汽車、對撞、追尾，場景細膩到像現場圖片的，更誇張的是……

胡眞心拿起一張照片端詳著，那張照片是汽車從後方追撞了機車，機車騎士已經飛出倒在對向車道上，頭部著地，安全帽裂開噴出，但是肇事車輛卻沒有停下，而是遠遠的駛離！畫面是黑夜，可是在遠處逃走的車輛上，卡片卻清楚的畫出車牌號碼。

「不會吧……」胡眞心立刻拿出手機查詢，按照撲克牌下標記的日期，搜尋關鍵字：車禍、肇事逃逸，類別選擇新聞。

頁面搜出一整串的新聞，果然是深夜情侶被追撞，監視器因大雨壞掉，至今仍未找到肇事車輛，請民眾提供線索。

胡眞心捏著那張撲克牌，內心有著不得了的想法！

她趕緊把床鋪平，騰出一塊空地，將盒子裡的撲克牌拿出來，依照圖案數字按順序排列，四排撲克牌整理好後，更發現到同樣數字不同花色的牌，事件是相關聯的。

「這個是摔落山谷的車子，黑桃10……」胡眞心看著一張小客車摔下右邊溪谷的畫，這場景很像是車站往蘭庄方向的山路，就靠近隧道那條，「梅花10是……」

車內的特寫，在吵架的夫妻，丈夫因爲盛怒沒有在看路，抓起東西朝副駕的妻子頭上打去，而擋風玻璃外的畫面，卻是已經靠近邊坡的距離。

這畫細膩到連杯子上是哪間的咖啡都有，後照鏡下繫著的觀音像也在搖晃，後座還有個人，只有出現一隻手，像是在勸架似的。

「我的天哪！這簡直是……比行車記錄器還可怕的詳細。」胡眞心驚愕的放下撲克牌，那個李芝淩不只是能預知誰家有喪。

她是知道會發生什麼事，死亡瞬間的場景，她就像是個旁觀者般，有著精細的相片記憶似的，將所見畫了下來。

「鄭……湘瑤？」黑桃10的角落，寫了小小的名字，只是她是用鉛筆寫的，寫得很輕，現下看上去有點模糊了。

胡眞心不知道這個名字，是指畫裡死亡的人嗎？

「她是事情發生後才知道死因，還是之前就知道？」胡眞心拿著撲克牌在空中點著，一樣問著阿龍，「我猜是事後。事前知道誰會死，事後才知道這麼詳細。」

阿龍沒有表情，現在的他魂好像飛到別的地方了。

胡眞心看著這一些牌，心裡有點不捨，或許只是個不懂事、又有點通靈能力的女孩，可能試圖想要幫助誰、阻止災難，結果一天天的被人視爲洪水猛獸、惡毒的烏鴉嘴，瞧不起她、霸凌她，看家裡這樣子，父母也不待見她吧！

她也記得山上的大哥說過，她父母都會揍她，覺得有這樣的女兒是恥辱，畢竟鄰人也會怪他們生這種女兒，要他們管教好，少在那邊咒人死……即使，她說的有喪，幾乎都會成眞。

「每個人生活都很苦的，每個人都有自己的課題嘛！像我，我家也窮啊，家裡兄弟姐妹多，爸媽根本沒時間管我們。我交了些壞朋友，國中一畢業就離家出走了。」胡眞心有些感嘆，「好事壞事都幹過了，也後悔過，但我還是走到現在，認眞的憑自己努力賺錢，活得很辛苦，但還是很努力！」

阿龍也一樣，他們都坐過牢，是在一個更生團體中認識的，誰也不必瞧不起誰，過去犯的錯已經贖罪了，未來的人生還很長。

「她也很可憐吧，我懂，我們以前也都覺得是投胎失利！對吧，爲什麼不是投胎到有錢人家裡吃香喝辣啊？」胡眞心無奈的嘆息，「但這就是人生啊，只能自己走，怪別人很容易，但只會怪別人的話，是無法前進的。」

但，她跟李芝凌不一樣的是——李芝凌的人生是被中止的。

那一大群學生那天在殯儀館外喊著：是她自己掉下去的，但是她記得李芝凌身上頭上都有傷，尤其當時額角還有一個很深的傷口，現場也有石頭，所以是被攻擊時不小心掉下去的嗎？

如果是如此，那些學生也不會全然沒有責任吧？

嗯……胡眞心把撲克牌擺好，先拍照存證，再按順序將其收妥，放回盒子裡，因爲鎖已經被她破壞掉了，所以她找了繩子跟橡皮筋包起來。

「走！我們去那座橋看看。」她攙起阿龍，「還是要知道那天發生什麼事比較好！」

橋多高？護欄的高度？水又有多深？是不是輕易會掉下去？掉下去後呢？離岸邊多遠多近？學生們眞的第一時間無法救她嗎？還是刻意放著讓她等死？

讓討厭的人不再礙眼的最好辦法，有時就是讓她從這個世界上消失。

「不……怕……」阿龍吃力的說著，「不好。」

「不會，有我在呢！」胡眞心其實不停的深呼吸，「對，我也怕，但我們一起就不怕！」

而且鬼是怕她的對吧？因爲她也是報喪女妖的一部分。

她現在要怕的是那個女高中生，究竟要怎麼從她身上把力量拿回去，她想過了最壞的可能性——所以，她不會坐以待斃。

死都不會。

「咳咳咳……咳咳咳！」

連續不斷的咳嗽聲從後座傳來，司機皺眉不太高興的從後照鏡瞥了眼，這客人上車後就一直咳，該不會有什麼傳染病吧？

「我這邊有口罩，要不要戴一下？」司機一邊說，一邊找著口罩。

「啊……抱歉。」少年難受的換著氣，努力坐直身子伸長手，想接過那個口罩。

身邊的美麗少女才抬起手要接，少年立刻用手肘擋下，主動接到了口罩。

「你是生病喔？咳成這樣？」司機一邊說，一邊降下了車窗。

「抱歉，氣管弱了些……但不是什麼傳染疾病。」少年用顫抖的手戴上口罩。

司機挑了眉，眼底不信任，本來以爲接到一個大單很高興，居然要從首都跨縣市到K縣去，先是看見這弱不禁風的少年，上車後就發現他氣色超差，臉都發黑，接著車裡就不知道哪裡不對，搞得他心裡毛毛的。

「他很沒禮貌。」李芝凌凝視著司機。

「沒事。」少年在口罩裡低語，拍了拍她的腿。

司機瞧不見芝芝的，他知道，所以才阻止芝芝去接口罩！她要是接了，就變成口罩飄浮在空中，還不得嚇死司機大哥。

「你爲什麼會病得這麼重？之前沒這麼嚴重啊，還是應該要去看醫生的！」

李芝凌憂心忡忡的看著少年。

少年微微一笑，拿起手機假裝留言，他都是這樣跟李芝凌說話，才不會引人注目。

「等我陪妳把事情解決掉，我就去。」

「我可以自己去的，我才是報喪女妖，那個女的只是剛好在那邊，分到了一點點……」李芝凌捲著自己幾乎全銀白的長髮，其實這話自己說得都有點虛。

她復活的那瞬間，可以感受到報喪女妖過去發生的事，她上一世是被丈夫壓進河裡淹死的，好換取一家人的平安，這麼痛苦的死法，她居然在死後沒有任何動作，而是靜靜的等待重生的機會。

如果是她，一定會把丈夫大卸八塊的。

但她也能體會到，自己是報喪女妖一半的靈魂轉世，所以她才能看到誰家的親友會出事，如果她是報喪女妖的轉世，復活理所當然，可是那個在停屍間的女人是怎麼回事？

想起來就不快，她一直覺得自己是特別的，以報喪女妖的身分重生更驗證了自己的想法，但隨便就有一個人跟她一樣，即使只是分到一點微不足道的力量，她還是覺得自己的「特別」就沒有那麼獨一無二了。

「說好一起面對的。」少年拿起手機，繼續說著，「陪著妳開始，就會陪著妳結束。」

李芝凌看向少年，眼底盈滿溫柔，她笑得很甜很暖，少年一直以來，都是她的白月光。

她家住31號，季暉家住在51號，也就隔二十號、騎腳踏車五分鐘的距離！她有酒鬼老爸跟現實媽媽，生活在暴力以及輕視的壓力下，季暉有著一個在監獄裡的毒蟲父親、已經不知道跑到哪裡去的母親，被一樣暴力相向的外婆養大。

他的外婆很氣女兒製造麻煩，也討厭他的父親，所以連帶的也不喜歡季暉，她是迫不得已才收養這個孫子的，季暉等於破壞了她本該寧靜的生活，而且外婆傳統，不喜歡內向陰柔型的男生，偏偏季暉就是那樣的男孩。

每天的嘲諷打罵羞辱都是家常便飯，每次她去找季暉時都會聽見外婆在罵他，那幾句詞翻來覆去，她都會背了。

一個娘炮，一個烏鴉嘴，他們就像是整個蘭庄最不受歡迎的孩子，但就這麼相遇了。

「謝謝你一直陪著我！從以前到現在，只有你信我。」李芝凌瞇起眼，「等我拿到全部的力量，我覺得我可以治好你！我可是報喪女妖！」

不管她說過多少次誰會死亡，不管多少人說她黑白講烏鴉嘴，季暉永遠都是堅信她的那一個！

季暉也笑了，他相信芝芝、也喜歡芝芝，不管是以前那樣蓬頭垢面的她，還是現在這個美得不可方物的她！

當她跑到他家，說自己復活後變成女妖時，他也信。當她說他可以替他把那個討厭的外婆跟老是打他的男朋友都解決掉時，他也沒有懷疑過。最後當她讓那些每天欺負他、笑他是娘娘腔的同學們從學校頂樓跳下來時，他就發誓他這輩子要永遠跟著她。

看看看，司機嚥了口口水，那個少年精神一定不太正常，常對著他左邊的空氣笑，拼命對手機留言，也沒聽到對面有傳什麼訊息來，或是他聽訊息的聲音，難道他朋友都用打字的？

「少年仔，你確定要再繼續走厚？我怕你太累，要不要先找旅館休息？」

「不必，請繼續開，我要到蘭庄。」他回應，看得出司機大概對他有意見。

李芝淩不悅的皺眉，「他這什麼態度？瞧不起你嗎？」

「別。」少年下意識的伸出左手，壓住她。

這動作在司機眼中，又是一個不正常的舉動。

李芝凌冷冷的瞪著司機的後腦杓，少年知道爲時已晚，只怕芝芝不會放過這個可憐的司機了。

他知道芝芝偏執，也知道她「復活」後變得殘忍，但這不是突然改變的，其實在這一年被嚴重的排擠後，芝芝的心態就已經產生了變化！一開始她只是想要警告大家，但才說個起頭就會被拖回去毒打一頓，等事情眞發生後，大人會指責她烏鴉嘴，咒其家人死亡，芝芝就會再被打一次。

後來她有點逆反心態，她想讓大家明白「不聽芝芝話，事實在眼前」，結果情況只是變本加厲，弄到整個鎭上的人都討厭她，一起長大的同學們總會欺負她，芝芝後來也不每件都說了，但是她會畫，把事故現場畫下來，她說，當那個人死的時候，她就會看到事情發生的場景。

國一時，芝芝感應到隔壁班對她很好的一個老師家裡會出事，所以她跑去鄭重的告訴那位老師，要提醒住在外縣市、打算去海邊玩的親人，絕對要小心，會出事的。

結果那位女老師嚇到，她被弄到緊張兮兮，提醒了家人，叫大家絕對不要去海邊玩，但這種事不是每個人都信！對方只是改了期限，最後死了五個人，該老師崩潰的在全校面前，指責芝芝是殺人凶手——就這樣，芝芝慘烈的生活開始了。

也是從那時開始，她一定會去報喪，忍人厭或挨打都無所謂，而每次當意外發生，對方苦苦尋找眞相時，芝芝就會把現場畫在撲克牌上，得意的告訴他：我知道事情的經過，但我才不要告訴他們，這是他們瞧不起我的代價。

他懂芝芝，他不會去勸說什麼，因爲他也覺得，這就是那些人的代價，活該！

就像這位司機大哥，他如果再客氣一點，或許就不會有事。

「應該快到了吧！」司機看著地圖，抬頭向前看，是個隧道。

少年看向李芝凌，她冰冷的點了點頭。

「對，過隧道就到了。」少年最後還是讓司機大哥開進隧道。

原本，是要讓司機在隧道外停下來的。

「有感覺嗎？」進入隧道後，少年也不裝了，直接對著身邊的「空氣」說話。

「有！」李芝凌昂起頭，微眯起眼看著遠方，「她在這裡！」

眞有膽識，另一個人居然在蘭庄這個死城裡？

「什麼感覺？」司機還以爲少年在跟他說話，覺得莫名其妙。

少年搖了搖頭，看著車子出了隧道，「其實我沒有在跟你說話。」

「靠夭喔！你在說什麼？不是跟我說話是跟誰——」餘音未落，司機從後照鏡看見憑空出現的漂亮女孩，「哇！」

軋——煞車聲響，這台車子緊急煞住。

司機驚恐的回頭，不可思議的看著莫名其妙出現的李芝凌，「妳妳妳……妳是什時候上車的？」

「我從一開始就在了喔，大哥！」她微笑著，眼底嘴角一絲笑意也無，「只是你原本看不到的，但現在看到的話……」

少年冷不防的打開車門，逕自下了車。

「喂！你去哪裡？要付錢啊！」司機大吼著，鬆開安全帶準備去攔人。但卻看著少年只是下車，越過車前方，來到他的身邊。

唰——說時遲那時快，身後的李芝凌上前，勾住了司機大哥的頸子，貼在他的臉旁。

「只有將死之人，看得見我喔，司機大哥。」李芝凌輕輕的朝男人吹了口氣，吻上了他的臉頰。

「啊啊——啊啊啊啊——」刺痛感自臉頰漫延，司機用力的把李芝凌的手臂拉開，但觸及她的瞬間，雙手竟開始泛紫、發黑、腐爛，「這什麼……哇啊——」

他驚恐的看著後照鏡，美麗的少女依然在後座，雙手往前，自後方罩住了他的雙頰。

男人痛苦的掙扎著，但他身體正在疾速腐敗，他親眼看著自己的臉腐爛，當眼珠滾出眼眶時，他就再也看不見了。

少年拉開車門時，駕駛座上只剩下一堆散骨，他從容的把座位上的骨頭全往地上掃去，輕輕的撥了撥滿空氣的粉塵。

「去哪？」

李芝凌挑了挑眉，「去學校吧，好像有老同學也在呢！」

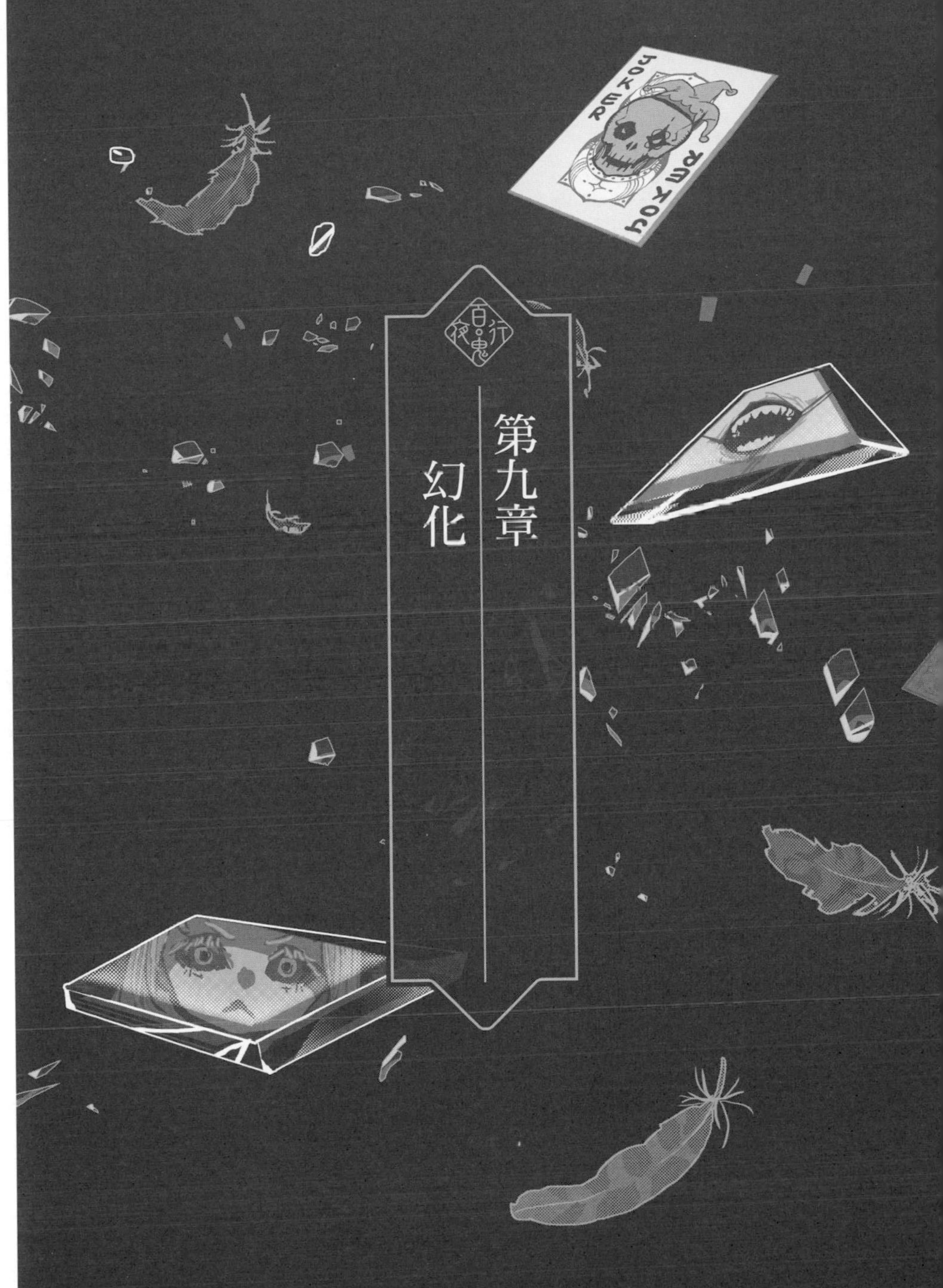

第九章 幻化

「來了。」站在教室外走廊上的闕擎喃喃說著，他看見了下方有死者在竄逃。

轉身走向目標教室，厲心棠讓鄭湘瑤藏在教室裡，在她四周都佈上了法器跟符紙，他不知道她跟唐家姐弟買了什麼玩意兒，使用方法也不知道有沒有看清。

途中經過樓梯，他遲疑了一下，向右望去時，卻看見無以計數的亡靈，正從樓上奔下……然後往他這裡奔來！

「厲心棠！」他大吼一聲，「有東西來了！」

他選擇轉身正面迎敵，這種時候躲藏只會讓自己更不安，而且要搞清楚這些師生們到底是針對他、還是純粹逃亡而已……這些學生們幾乎都是跳樓身亡、頭破血流的慘狀，他們現在都是身形不明的黑影，在鬼哭神號中朝著他撲來！

闕擎蹲下身子，毫不猶豫的點燃手裡的打火機，火燄倏地上竄燒成大火，簡直像火雲一般，逼退了包圍的亡者。

但在燦爛的火燄後，黑暗並沒有離去，闕擎冷靜的蹲在原地，看著四周陷入了一整片的黑暗。

「闕擎？」走廊另一端傳來不安的聲音。

他扶著女兒牆站起身，世界變得如此黑暗，天空已經被厚黑的雲遮住，他們彷彿身在暴風雨的夜晚當中。闕擎騰出左手打開手電筒，燈光驟亮的瞬間，眼前的女孩子直覺伸手遮眼。

「哇！」厲心棠皺著眉，把他的手電筒往下移，「怎麼突然變這麼黑？」

「報喪女妖應該是到了。」闕擎朝走廊末尾照去，「妳那邊搞定了嗎？」

「好了！」厲心棠肯定的說著，走到牆邊試著扳動電燈開關，「沒用……」

「這裡的死靈應該都是她的屬下，我們的敵人有一千多個……我想問另一位報喪女妖呢？」他相當無奈的問著。

因爲打從他們進蘭庄開始，他就完全沒見過厲心棠口中的胡姐。

「她也在這裡，但她有要守護的人，先搞定那邊，我們有約好了。」厲心棠看著手錶，也才下午兩點，天就黑成這樣了，「走吧！」

「就不該爲鄭湘瑤浪費時間。」闕擎依舊很不能接受那個少女。

「她是你精神療養院的病患，脫不了關係的，現在只能讓報喪女妖收回死亡警告！」厲心棠也拿出了手電筒，輕快的下樓。

他們帶著鄭湘瑤到蘭庄後，直接先到學校，厲心棠認爲那兒是最佳躲藏處，她有足以保護鄭湘瑤的方式，只要求她絕對不能出聲。

看著厲心棠下樓飛快，闕擎幾分無奈，「妳走慢一點，黑暗中會瞧不清死靈，要眼觀四面啦。」

才在唸著，卻發現沒有人回應？

「厲心棠！」闕擎立即止步，站在樓梯上照著樓下，汗毛根根豎起，這裡的環境不是很糟，是非常糟糕。

所有靈魂都離不開，所有死靈都被報喪女妖奴役著，一旦他們願意，就可以化成千餘個厲鬼，朝他們發起攻擊。

足音重新折返，厲心棠帶著手電筒跑回來，「你怎麼沒跟上？」

「我剛叫妳，是妳沒回應。」闕擎終於鬆了口氣。

「我就一直往下走啊……」她趕緊跑到他面前，焦急的拉過他的衣角，「快點，我們要快點去阻止那個報喪女妖！」

闕擎被往下拉著走，看著拉著衣角的小手在微微顫抖，他略深呼吸。

「妳究竟想怎麼阻止？我不認為那位李芝凌有溝通的餘地，她是被打壓與歧視下長大的孩子，好不容易擁有生殺大權，沒有這麼好說話的。」闕擎問著，聲音倒是雲淡風清，「說穿了都是可憐的孩子，自始至終也沒脫離自卑的人生。」

厲心棠手略緊了些，回眸望向他，「……我還是想試試，事情不必弄到這麼糟糕！報喪女妖可以在不傷害任何人的前提下重生。」

「但她不想等，她想要快點湊齊人命，獲得完整的力量……妳拿什麼說服她？」

厲心棠沒有回答，只是搖了搖頭，彷彿一切都是祕密般。

闕擎沒追問，他們走下了樓往右拐，朝著校門口走去。前方右邊教室，陡然亮起了燈，嚇得厲心棠一個激靈，戛然止步！闕擎連忙把她往後拉，右邊是教室，左邊是埋著一堆屍體的操場，他不知道哪條路會比較好。

琅琅讀書聲，突然從亮燈的那間教室傳出來。

『找個不要咒人的話這是什麼意思呢？誰來翻譯一下？』說話的是位女老師。

『叫李芝凌啦！她最應該知道這句話的眞意。』

『對！李芝凌！妳說啊！』

厲心棠小心的往前，他們當然知道這裡不可能還有活人，教室裡的像是不甘逝去的亡者，還在繼續上學。

前門那兒傳來足音，一位女老師走下講台，略靠近門口，『好吧，李芝凌！妳說呢？』

闕擎已經可以見著教室裡的學生，每個人都是正常模樣，彷彿這裡什麼事都沒發生，他們依舊在上課。

『我說的是事實，只是你們不願意聽而已。』教室末端傳來女孩說話的聲音，闕擎仔細聽著，跟前夜在精神療養院外不太一樣。

變成報喪女妖的她，聲音更細一些，老實說更悅耳。

班上起了騷動，大家都在罵她笑她，也有人很氣忿，指稱都是因爲李芝凌亂說話，害他們家害怕恐慌，反而出了事。

『我沒有說的還有很多，你們自己不聽的！』課桌椅推動聲傳來。

『站住！李芝凌，妳要去哪裡？』老師這邊吆喝出聲。

後門陡然打開，透出一道光，一個女孩直接衝出教室，她背對著闕擎他們，一直往走廊末尾跑去。

揪著他衣袖的手突然扯了扯，闕擎回神，赫然發現教室前門口站著那位女老師。

女老師望著他們，是切實看得見他們的，闕擎暗自倒抽一口氣，這可不是好徵兆啊……

『我們錯在哪裡？』她皺起眉，幽幽的問，『我們擔心受怕的承受她的言語，最後卻落得這樣的下場，合理嗎？』

女老師一邊說，血開始從頭頂髮間涔涔流下，教室裡的學生也紛紛起身，推開桌椅，用不穩甚至扭曲的姿勢開始朝前門走來。

「這是你們要去問她的，問我沒有用。」闕擎一把將厲心棠往前推，「走啊！」

她哇的一聲踉蹌撲前，接著趕緊朝前衝，但亡靈們從前門撲出、從窗戶撞出，甚至瞬間從後門爬出了好幾個全身骨頭都折得扭曲的學生，擋住了他們的去向。

『我想要離開這裡！離開——』男學生腳都摔斷外加扭了一圈，依舊拼命的朝他們爬來！

『帶我離開啊！』窗戶上方傳來尖叫聲，闕擎抬首，看見的是眼窩裡插著一把刀的女學生，張牙舞爪的撲向了他。

『呀——』

按著說明書，擺放好最後一根蠟燭後，厲心棠吁了口氣。

「不管看到什麼、聽到什麼，都不能出聲，或離開這張椅子。」她抬起頭，對著坐在圓形陣法中間的鄭湘瑤說著，「否則我們都幫不了妳。」

「這個不能在首都做嗎？一定要讓我一個人待在這裡？」鄭湘瑤哽咽的問著，尤其這個女生等等又不待在這裡。

「不行，因爲留妳在首都，只怕會害到更多的人！」厲心棠回答得乾脆，「在蘭庄解決，妳獲得自由，也就待在這裡好好處理後面的事。」

「我也可以……在首都……」她咬著唇，還是覺得非常不甘。

「我也可以不幫妳的喔，鄭同學！」厲心棠沒好氣的唸著，「今天是妳故意把我朋友拖下水的，否則我才不想理妳這種人。」

針對這點，鄭湘瑤無話可說，「我也是不得已的啊……」人啊，總是會先以自己生存爲重點吧！自己都活不下去了，誰還能在乎他人死活！

叩叩，門板傳來聲音，「喂，那女人來了，該走了。」

「好！」厲心棠指著鄭湘瑤，「聽清楚了嗎？乖乖待在這裡！」

「你們要去哪裡？」鄭湘瑤害怕的想拉住厲心棠，但是陣法太寬，阻隔了她。

「去解決這件事啊，報喪女妖不處理，妳永遠都會是面臨生死威脅。」厲心棠起身退後，「我是妳的話，不會隨便打開手電筒的，嚇都把妳嚇死。」

嗚……鄭湘瑤整個人縮上椅子，看著厲心棠帶著手電筒遠去，她掩住雙耳，好可怕……爲什麼要留她一個人在這裡？

外面突然變得好黑好黑，教室裡一絲燈光也沒有，可是……有沙沙聲從右邊角落傳來了！鄭湘瑤嚇得緊緊抱住雙腿，就這麼望向教室外，還可以看見有人影從走廊末端走了過來。

一個、兩個、三個……好多人都聚集到了教室門口，然後往裡頭看過來了！不要！鄭湘瑤選擇閉上雙眼，都走開，拜託都離開啊！

『鄭……湘瑤？』有人喊了她的名字。

不能出聲、不能回應，她緊緊摀著自己的嘴，死都不能發出一點聲音，但是——她得撐到什麼時候啊？

「就把她扔在那邊嗎？」離開教室時，闕擎狐疑的問。

「咦？嗯！」厲心棠點點頭，「有陣法在，這些亡靈沒辦法靠近她的，但她會被嚇得不輕就是了。」

「什麼厲害的陣法？」闕擎皺起眉。

「很厲害就是了！鬼只要碰到就會受重傷，沒鬼能碰的！」厲心棠抓著手電筒往樓下積極跑去，「快點，我跟胡姐約好了，我們得趕過去。」

兩人雙雙抵達一樓，闕擎突然拉住她，指了左邊，「從這邊出去，省得經過太多麻煩的地方。」

「噢！好！」她跟著左轉，略爲回頭，看向了身後那長長卻不見底的走廊，「你認路好快，我到現在還沒搞清楚這學校的方位。」

「男生方向感本來就比較強……棠棠，妳已經想好要怎麼解決這件事了嗎？」闕擎嘆口氣，「我到現在是一點概念都沒有。」

「有是有，但是……」她緩下腳步，「我那天沒有看清楚契約上的全部內容，我怕我理解錯誤，這樣就影響到解決報喪女妖的方法了。」

「合約啊！」闕擎認眞的回憶，「我根本看不懂——小心！」

他突然一把拉過她，兩人雙雙伏低身子，厲心棠才留意到黑暗的兩旁樹下，有好幾個亡者正虎視眈眈。

不知道是不是學校工友，因爲有個巨大的亡者，他的雙手拿的就是剪樹的大剪子，他的頭口也是被剪開的，那眞的像被剪刀剪開的，所以他歪著頭，朝著他們揮動剪子的雙臂。

『只要把你們也殺了……』剪子的金屬磨擦聲中，帶著亡靈的低喃，『只要留下你們……』

「我往右吸引他的注意，妳趁機往左邊跑！」闕擎低語，冷不防助厲心棠一臂之力的往前推，「現在！」

現在！

厲心棠往左前方踉蹌衝去，她的正前方卻有一個灰暗的影子，雙手正圈握成圓圈狀，等待著她頸子的到來！而她即時蹲低身子，壓下重心後立刻回身轉了半圈，及時抓住了要向右邊的闕擎。

借力使力，她讓自己朝闕擎的方向跑去，但同時也將闕擎往左方拋出去——巨大的剪子，就這麼不偏不倚的插進他的身體裡。

『呀——』

可怕的尖叫聲再度傳來，厲心棠飛快的掩住雙耳，而這可怕的慘叫聲是來自於她的後方，那條她剛經過的走廊上。

她伏低身子，以蹲姿往回奔去，看著遠方某間教室正亮著燈，而無數亡者爭先恐後的撲上前。

少女亡靈剛「剝」的拔出自己眼窩裡的刀子，狠狠的插進了眼前女孩的眼窩，慘叫聲就是來自於這個女孩，因爲她的身後有雙手抵著她，是闕擎把她推上前挨刀的。

「我覺得，要幻化成人之前，功課要做好。」闕擎使勁把手裡的「厲心棠」再往前推，「厲心棠那傢伙，並不會主動牽我的手。」

而不遠處的厲心棠回首看向亡者們恐懼的跪地，那個刺穿「闕擎」的剪子亡者，更是嚇得抽回剪刀。

「棠棠咧，闕擎要是眞叫我棠棠，我會怕！」她唸叨著，踏上走廊，往反方向奔去，直到看見另一個「自己」被闕擎推去送人頭。

闕擎注意到奔來的她，立即舉起右手，再度點燃打火機——轟的一聲又是朵火雲，燒得眾鬼們逃竄躲藏，教室燈光暗去，厲心棠趕緊從口袋裡拿出一堆小圓佛珠，像天女散花似的朝前後左右都扔了遍。

沒有過多言語，闕擎即刻打開手電筒往前直衝，堅定的往原本校門口的方向前去，厲心棠緊隨其後，一起以小跑步的方式衝出校園。

在離開校園的瞬間，天空豁然開朗，雖不是晴空萬里，但也不是像剛剛那種不正常、透不進一絲光亮的黑暗。

「呼……」闕擎略鬆了口氣，打量著厲心棠，「妳遇到我嗎？」

「嗯，還叫我棠棠。」厲心棠邊說，還起了雞皮疙瘩，「假裝說要幫我分開注意力，其實是要把我往死裡推。」

「我遇到的是小手拉著我的衣角，撒嬌主動的拉著我跑，然後可能重現過去被欺負的時刻，讓亡者攻擊我們，再趁機要把我往亡者那邊推過去。」闕擎冷冷笑著，他也是在那千鈞一髮之際，抓過那位「厲心棠」，送去挨刀。

小手拉著他的衣角？她才不會這麼做啊，現在什麼情況，撒什麼嬌咧！又是一陣雞皮疙瘩，她搓了搓手，好噁心喔!!

「一進來就這麼針對我們，看來是沒有要放過我們了，這樣很難溝通哩！」厲心棠顯得有些困擾，「我還希望她可以放下成見，用一般正規的方式去報喪的。」

闕擎根本不贊成厲心棠的「溝通」，他整間精神療養院危在旦夕，誰有閒工夫溝通！他們倆走向各自的機車，打算要前往竹橋那邊與胡眞心會合。

只是才剛跨上機車，就看見了也從校門走出的李芝凌，她已經沒有任何傷口，恢復那雪白靈動的模樣，而且在蘭庄裡，她眞的是一頭銀白長髮……髮尾自然還是黑色。

「居然可以識破，眞厲害！」李芝凌理理閃著珍珠光澤的衣服，「我僞裝得不夠像啊……」

「其他人沒識破還挺蠢的，妳根本不瞭解我們的個性。」闕擎看著毫髮無傷的李芝凌，心裡只覺得不好。

雖是半鬼妖，但剛剛那些傷害都不存在，對她根本無法造成任何影響！

「其他人……很容易的！」李芝凌得意的笑著，「製造外遇，或是加深平常的積怨，隨便做點小動作，剩下的事幾乎都不必我來做了。」

人類其實是很脆弱的，再好的朋友也禁不起一點信任挑戰，恩愛的夫妻也闖不過劈腿那關，所有關於人性的挑戰她都做了個遍，幾乎都不必深入，就足以讓他們自相殘殺了。

「一千條命，不能按照常規進行嗎？」厲心棠單刀直入，「妳不能刻意去製造大量的死亡，這不是報喪女妖。」

「我就是報喪女妖，我決定我是什麼樣子。」李芝凌毫不客氣，「我會為世人帶來死亡，喪鐘會為我而敲，我也會盡責的為大家唱送葬曲，這就夠了——另一個人在哪裡？」

李芝凌昂首，像是在感應著胡眞心的位置，她知道那個女人就在這。

「她是意外分到力量的，不是刻意擋妳的路。」厲心棠趕緊說情，「妳知道要怎麼取回力量嗎？」

李芝凌凝視著厲心棠，眼神的確閃過一絲動搖。

大家都知道，要釋出在胡眞心身上的報喪女妖力量，只怕唯有殺死她一途，這是最乾脆俐落的方式。但這個「百鬼夜行」的女孩說得也沒錯，她根本不認識另一個人，沒有過節，對方也沒欺負過她，但是……

「要怪就怪她爲什麼那個時候要待在那邊吧！」李芝凌轉過身子，她有要去的地方，「我不會再爲他人思考了。」

是嗎？闕擎看著周遭，爲什麼沒見到那個蒼白的少年？

「你們也剩下沒多久了，想護就盡量護著鄭湘瑤吧！」李芝凌回眸，眞的是奪魂懾魄的美，「到時沒有陣法攔得住我，這位哥哥也就等著辦喪事吧！」

闕擎拳頭下意識的握了緊。

厲心棠悄悄的做了個深呼吸，主動上前兩步。

「保護鄭湘瑤的陣法，是防不了妳的，只能防一般鬼。」她朝著足不點地的李芝凌說道，「她現在就在妳們班教室裡。」

闕擎詫異的低頭看向她，厲心棠？她不是設法陣要護住鄭湘瑤嗎？

李芝凌果然緩下腳步，鄭湘瑤這個名字對她太重要了！因爲她跌落溪底的最後一顆石頭，的確是她扔的……伸手摸了摸毫無傷口的額角，那痛楚至今她難以忘懷。

鋪天蓋地的霸凌，也是她帶起來的，常跟她爸媽告狀的也是鄭湘瑤，害得她動輒被揍，全是她！

「我們從來沒有要護著她的意思，是她跟葉醫生做假資料，所以才會入住那間精神療養院。在此之前，根本沒人知道她跟妳的關係。」厲心棠再往前走了兩步，「我們根本不瞭解這件事，也不認識妳，人隨妳處置，請不要對精神療養院出手。」

她在幫他求情嗎？闕擎詫異的發現，是否打從一開始厲心棠就沒有要幫鄭湘瑤的意思？把她帶來完全是刻意的？

李芝凌轉過了身，直接往學校走去，長髮飄飄、白衣翩翩，她眞的是舉手投足都很漂亮的女孩，很難相信美女也會有被霸凌的一天，她以前在這裡的確非常顧人怨吧！

在整個人都進入校園前，她止步了。

「我不會對那間療養院做什麼的，但進來蘭庄後誰都離不開的。」她幽幽的說，「還是把握時間做自己想做的事吧。」

李芝凌終於進入校園，闕擎卻有種重重鬆一口氣的感覺。

「所以現在是針對我們而已嗎？」他卻覺得萬幸，至少整間療養院的人避掉了橫禍！

「可能只針對你喔！」厲心棠有點尷尬搖搖右手，「我是百鬼夜行的人，我覺得她不會動我。」

闕擎挑了眉，睨著她，「有靠山很秋啊！」

「說穿了我就是俗稱的靠爸族吧，我什麼都不會，但有的人知道我是百鬼夜行的人就不敢造次！」厲心棠其實有點無奈，「但我還眞的只能靠這個。」

那是當然，因爲厲心棠只是個普通人類。

不要說是報喪女妖這種半鬼半妖的存在了，今天只要是個狠一點的厲鬼惡靈，一般人怎麼能對付？

「既然只剩我，那……我也要做點努力了。」闕擎有種突然精神抖擻的感覺。精神療養院的事放下了，就能好好來思考自己的事。

「我們先去找人吧。」厲心棠跨上白「」的機車，「那個男生。」

她用嘴型說著。

「我去找他，妳去找胡姐。」這種時候，當然要兵分兩路才快。

厲心棠豎起大姆指，拐個彎就準備前往蘭庄溪上的竹橋。

而闕擎則朝向反方向，他要去尋那個蒼白少年，報喪女妖的阿基里斯腱！

第十章 冤債各有主

『鄭湘瑤！鄭湘瑤！』

聽不見聽不見！少女蜷縮在椅子上，她雙手掩耳，把頭埋進雙膝間，不要再喊她的名字了！

教室裡太多人在走路，窸窸窣窣的聲音令她發毛，她知道有人在這裡，不時推開桌子，或是弄倒椅子，這些聲音都只是徒增恐懼而已！

不要發出聲音，靜靜的等待——她要等多久啊？在這黑暗的恐懼中，她覺得根本度日如年，這簡直是精神折磨啊！

若不是確定這些足音跟聲響的確距離她很遠，表示地上的陣有效，她早就尖叫著逃出這裡了。

『啊……』驚呼聲傳來，哭聲響起，圍在她四周的亡者們嚇得躲藏，轉瞬間離開了這間教室。

逃亡的聲響如此巨大，桌椅被推來推去，嚇得鄭湘瑤不停打哆嗦。

李芝淩站在熟悉的教室門口，熟悉的同學就在教室中間，位在滿地用符紙與蠟燭鋪成的法陣中央，她上前亮了燈，慢慢繞行那法陣走著，她也不確定那個女生說的是真是假，但她的確沒感受到強烈的威脅。

「沒想到我們會在教室重逢。」李芝淩拖著椅子，來到鄭湘瑤的正前方。

咦？蜷在椅上的鄭湘瑤簡直不敢相信，這個聲音是……李芝凌？她戰戰兢兢的抬頭，果然看見白衣銀髮的少女，隔著這法陣，悠哉悠哉的坐在她的正對面。

淚水淌下，她雙腳無法自制的顫抖，她終究還是會怕。

「妳腳抖得好嚴重喔！這麼怕我嗎？」李芝凌幾乎是以睥睨的姿態看著她的，「妳有想過會有這麼一天嗎？妳會怕我？」

鄭湘瑤忿忿的別過頭去，緊咬著唇，「要不是妳……妳人不人鬼不鬼的……」

好強大的自尊心。李芝凌凝視著就算害怕還是嘴硬的鄭湘瑤，其實心底是有點羨慕的，雖然生死關頭這種自尊心毫無用處，但是鄭湘瑤卻沒有想要示弱的意思。

其他欺負她爲樂的人，最後每個都是哭著跪地求饒的啊。

摧毀這些人的自尊心是很有趣的，但是她卻眞的不希望鄭湘瑤也是那樣的人，鄭湘瑤就是要凶悍而霸氣，就算死也不會向她告饒的對吧？

「我現在會這樣，也是托你們的福啊，要不是你們這麼欺負我，我也沒機會重生吧。」李芝凌看著自己雪白的手，「瞧，我變得更美好了。」

「哼。」鄭湘瑤哼了聲，「妳用全鎭人的血讓自己變得美好了。」

「那是你們應得的，傷害我的時候，你們就該考慮到有這麼一天，莊家總是要輪流做的吧！」李芝凌突然站起，筆直走向了鄭湘瑤。

鄭湘瑤嚇得僵直身子，親眼看著那裸足雙腳踏上了法陣，輕而易舉根本沒有任何傷害——爲什麼!?那個女生騙她！

鄭湘瑤立即站起，準備要衝出去。

「這個陣對鬼有用，對我沒用，妳現在出去……外面的朋友們會對妳做什麼，我就不知道囉！」

在鄭湘瑤即將踏出法陣範圍時，李芝凌嘲弄般的告誡著。

「妳騙我……」她咬著牙。

「妳可以試試啊。」李芝凌回眸，冰冷的望著她，「我從來沒有騙過你們。」

每一次的報喪，說的都是實話。

鄭湘瑤嚥了口口水，最終還是收回了腳，她雙拳握得死緊，渾身顫抖，僵在原地。

「回來坐吧，我跟妳有話說。」李芝凌將自個兒的椅子放好，先坐了上去。

鄭湘瑤轉過身，她不敢離邊緣太近，戒慎恐懼的留意李芝凌……她現在也太漂亮了吧！像透明水晶娃娃一樣，一點人氣都沒有，她都不記得，李芝凌本來長這樣嗎？

「我跟妳有什麼話說嗎？都到這地步了，我本來就不可能贏過一個怪物。」鄭湘瑤忿忿的說著，「我們彼此相互討厭，這點倒是不必裝了。」

「我沒有詛咒過任何人，我說的都是必然發生的事，我可以知道誰家即將會出事……一種直覺，我很難解釋這種現象……」

「我們沒有人想聽妳解釋！妳跑來告訴我，我家會有人死，我家因為妳的話感到緊張，爸媽改了日期、改變行程送我哥去車站，然後呢？」鄭湘瑤氣忿的哭著指責，「他們整輛車都翻下去了，如果不是因為妳、如果他們按照原定時間與計畫，根本不會出事——都是妳！」

李芝凌銀白色的長睫輕輕眨動，憑空在手裡拿出一張卡牌。

「當那人死亡時，我才能看見對方的死狀，我會把它們畫下來。」她起身，將牌擱在鄭湘瑤面前，「計畫跟日期都不是關鍵，妳的父母才是問題所在。」

鄭湘瑤別過頭，她根本不想看那張牌，但李芝凌強迫她接下，她勉為其難的接過，仔細看著上頭的畫……後照鏡下那個晃動的觀音像，那個音響前面的隔熱墊，是她家的車沒錯！

畫中的爸媽在大吵，哥的手在後面阻止，前方的景色是……偏移的。

「這什麼？妳還編造事故？」鄭湘瑤含淚把牌丟向李芝凌的臉，「妳不要太過分，李芝凌！」

牌飛過李芝凌的臉頰，在她白皙的臉上劃出一道口子，沒有任何血滲出的前提下，傷口又在鄭湘瑤面前癒合了。

「妳爸媽的事，妳比我清楚，我說過，我從未說謊。」李芝凌悲哀的看著她，「是他們起爭執，沒看路才摔下去的，是他們的吵架葬送了三條人命。」

「閉嘴！我爸媽才不會這樣！我爸是最仔細的人！」鄭湘瑤掩起耳，尖叫的拒絕聽李芝凌的話語。

但她知道的。

爸媽之前都在吵架，媽媽覺得在隔壁縣工作的爸爸有情人了，所以每天都在找爸爸麻煩；但爸爸堅決否認，家裡變得烏煙瘴氣，可是最細心的爸爸，怎麼可能會這樣危險開車，還拿東西打媽？

不可能不可能！

「我無緣無故編造這些對我有什麼好處？你家的事又關我什麼事？」李芝凌冷冷笑著，「我訴說事實，你們說我詛咒、罵我烏鴉嘴、到處找我麻煩、澆我水、撕我課本、拿石頭扔我、推我下樓，我什麼都忍了……」

但人的忍耐是有極限的，對吧？

尤其當她忍到掉下水、連命都沒有時，便毋需再忍。

「既然不關妳的事，妳就不能閉嘴嗎？」鄭湘瑤放下手，不甘心的問著，

「不要說，就……」

「說了或許可以救人啊！」李艺凌回瞪著她，晶瑩剔透的淚水跟著滑落，

「我想的是救人！從來不是咒人！」

她一開始眞的是想救人的！當時她很小，並不清楚自己看到了什麼，去幫爸爸買酒時，看見有個爺爺坐在外頭乘涼，但他家籠罩著黑色的霧氣，後來她像做夢似的看見爺爺睡著後突然猝死的畫面，她不懂那是什麼，直到爺爺家掛起了白布。

陸續發生了許多事，她開始發現那些黑霧代表著那戶人家即將有事，直到小學時，坐在她前面的阿森全身被黑霧籠罩時，她眞的被嚇到了，接著她看見了水以及掙扎的雙手；阿森是她同學，她愼重的還跑到阿森家去看，果然沒有錯。

所以她認眞的告訴了阿森，他們家最近會出事，會有人死掉，千萬不要去玩水。

下場就是她被老師叫去問話，阿森的媽媽跑來問她爲什麼要亂說話，她越解

釋狀況越糟，最後媽媽到學校來，直接甩她一巴掌，逼她跟阿森家道歉，然後她被拖回家，又被爸爸毒打了一頓；隔天開始，她到學校成爲笑柄，從嘲笑升級到惡作劇，被排擠被欺負，連阿森也不再理她。

兩週後，阿森溺斃在蘭庄溪裡。

一切彷彿變成預言成眞，只是大家認爲是詛咒成眞，阿森媽媽衝到她家裡，抓著她頭髮，一路拖到阿森靈前時，都沒有人幫她，連自己的爸媽都跟著咒罵，並跟大家道歉；她被逼著對阿森的遺體道歉，因爲是她咒他死的。

她不明白自己錯在哪裡，她還是哭著道歉了，她哭，是因爲阿森是死了！詛咒這種毫無道理的言論聽起來很可笑，但是當時全鎭的人都是冷眼旁觀，直到現在他們一樣厭惡她，對她避之唯恐不及！她不懂自己到底犯了什麼錯，她只是不希望阿森出事而已。

接下來的日子跟地獄一樣，無一人待見她，唯有悄悄放在她抽屜裡的小零食、小花跟紙條，是她唯一的慰藉，那是季暉偷偷放的。

再下一次是認識的校工叔叔，再下一次是別班的老師，她只是希望認識的人不要出事而已，最終總落爲過街老鼠，人人喊打，每次都是遍體鱗傷的下場，直到她變成大家厭惡的烏鴉嘴李芝凌，甚至有的人連賣東西給她都不願意。

雖然她心底還是希望有人能因此逃過一劫，但多年的毆打與羞辱也讓她的心態開始改變，她開始享受這些人因爲她而恐懼的模樣——所以，不管認識與否，只要她看見了對方家即將出事，她就報喪！

她對鄭湘瑤說的是：妳家會有人死，盡量不要開車！

她對登山死亡的叔叔說的是：最近不要去登山！

她對火燒屋子的爺爺說了：把插頭都換掉。

其他都是不要酒駕、不要去海邊！

沒有人聽、沒有人信，可是當白布高高掛起時，又全部怪在她頭上！

鄭湘瑤難受得揪緊心口，「烏鴉嘴李芝凌，一輩子都是烏鴉嘴。」

「哼。」李芝凌苦笑了起來，優雅的抹去眼角的淚水，「我早知道整個蘭庄都是這樣冥頑不靈，我也沒要任何人體諒我的，放心。」

「妳現在這種人不人鬼不鬼的樣子，滿意了嗎？」鄭湘瑤咬著唇低咒，「妳有事衝我來，就衝我來……」

「講得這麼冠冕堂皇，同學死時妳逃出蘭庄，拖葉老師下水時妳躲在那間精神療養院，再來拖那間精神療養院也下水……」李芝凌開始往法陣外走去，「在這邊跟我說衝妳來。」

「下手的人是妳，不是我！詛咒人的也是妳，李芝凌！」鄭湘瑤尖吼著，「是妳在報喪的。」

唰，步出的李芝凌驀地回身，抬手指向鄭湘瑤。

「妳在外面還有多少親人呢？喜歡一次處理喪事還是分開？」李芝凌勾起甜美的笑容，問著殘酷的問題，「還是妳願意犧牲妳自己？」

又來了。

鄭湘瑤與她四目相交，李芝凌又要對她報喪了嗎？說她家有白事，接著她的親朋好友們會一個接著一個的……但是不知道為什麼，「衝著我來」這四個字，在這關鍵時刻她卻說不出來！

對她報喪的話，死的就不會是她……

「哼……哼哼，哈哈哈哈！」李芝凌笑了起來，她放下了手，笑聲裡極盡諷刺，轉著圈往教室外走去，「人果然還是自私的啊！」

鄭湘瑤咬著唇，她怎麼突然就慫了……她還有很多親戚在外縣市的，如果他們因為她出事的話——幾度張口，但她就是說不出來。

剛剛李芝凌是不是提到精神療養院？

「我現在……在意的是那間精神療養院！」鄭湘瑤突然衝著白色的背影吼

著，「其他人我都不在乎！」

就針對精神療養院吧！鄭湘瑤鐵了心，如果李芝凌要讓她辦喪事，她寧願對象是那間精神療養院的患者跟護理師，因爲那裡的人她不認識！

「我會放過妳的，我也不會對妳報喪，妳認識的人不會因爲妳而死亡，妳也不需要辦理喪事。」李芝凌在教室門口凝視著她，「誰都不能妨礙她，鄭湘瑤可以平安離開蘭庄。」

後面這句，是說給被禁錮在蘭庄的亡靈聽的。

鄭湘瑤不可思議的看著跳上女兒牆的李芝凌，只見她回眸一笑，縱身躍下，輕盈得眞的像仙子。

「爲……爲什麼？」鄭湘瑤完全不能理解，她在害死所有人後，卻放過了她？

縱使一切是那麼的不可思議、荒誕詭譎，但是鄭湘瑤沒有遲疑，她多怕再過幾分鐘又出現反轉，她試著踏出法陣，一些黑影卻只是在遠處移動，沒有人有任何動作。

跑出教室時，她看見日常一起欺負李芝凌的同學，正淌著血淚朝她揮手道別。

走！走！鄭湘瑤飛快的衝下樓，她專注的看著地面，不敢去看旁邊的東西或是影子，只要有希望，她就要離開這裡！

『只有她……可以離開……』亡靈們緩緩的，一個個現身。

『只有她……』他們彷彿還在消化著這句話的意思。

鄭湘瑤一路向校門奔去時，熟悉的身影突然就擋在校門前，她嚇得止步，看著那個頭骨斷裂的數學老師，她記得老師是……自撞身亡的。

『鄭湘瑤。』老師歪著頭，吃力的抬頭，他折斷的頸骨穿出了頸部後方，『帶……帶老師一程好嗎？』

「什麼？」鄭湘瑤眼尾餘光瞧見了旁邊一個個現身的可怕亡者，都是同學跟老師，「你們做什麼!?剛剛李芝淩說了，我可以離開蘭庄！」

『對……唯一可以離開的……』亡者們雙眼彷彿散發出光芒，『唯一的！』

數學老師突然朝著她撲過來，鄭湘瑤嚇得尖叫，感受到有東西穿過了自己身體……不，是塞進了自己身體裡。

咦?她難受得抽搐，切切實實的感覺到她身體裡塞進了一個亡靈，反胃感湧上，她驀地跪地吐了起來。

但周遭的亡者們，依舊帶著渴望接近她。

「幹……幹什麼？」她混亂的抬頭，發現聚集的亡靈越來越多。

唯一可以離開蘭庄的軀體，如果可以附身在這具身體上的話，大家是不是就可以離開了？

「不要過來！」鄭湘瑤吃力的站起，往校門口衝，「走開，走開……你們不要……哇啊啊！呀——」

蘭庄溪上有許多座橋，但有一座通往山上的橋是大家最常走的，橋後連結的地方更是許多人喜歡去玩的山澗，那兒的水特別甜，地方大，烤肉也很有趣。班西橋。

厲心棠摘下安全帽時，看著那座橋的名字，忍不住覺得這巧合太過詭異。

這座橋是竹編的，看似簡陋但其實很堅固，彈性十足，不過溪水上漲時，橋底離溪水就有點近；整座橋長度不過二十公尺，兩端距離溪面更近，厲心棠攀在橋上往下看，綠色溪水倒映著她的模樣，她想的卻是底下的淤泥有多深。

胡姐呢？她左顧右盼，卻沒瞧見胡眞心。

突然一陣嗩吶音傳來，只有兩秒，但還是突兀的嚇了厲心棠一跳！聲音在橋頭，她趕緊跑回去，剛剛她騎車來時沒注意到……哇——這什麼？

馬路是從左邊過來的，但右方是極大的腹地，距橋數公尺處，停著一輛小貨車，小貨車是圓心，它四周被紅色油漆畫滿了圖案，也是個法陣！固定位子中間放有神像、壓有符紙，連香爐都是齊全的。

「胡姐！」厲心棠瞠目結舌，「妳在幹嘛？」

胡眞心從車裡開心的跟她打招呼，直接開車門跳下來，這台小貨車內有四人座，後車斗寬廣，但……它長得跟電子花車一模一樣啊！

「牽亡陣，帥吧！」胡眞心得意得很，俐落爬上後車斗，喬動擴音器的位置。

「牽……牽什麼？」厲心棠聽不懂。

「送人走的音樂，民間版送葬曲。」胡眞心指著坐在後面的阿龍，「打配合喔！」

阿龍點點頭，連厲心棠都看得出來魂魄未歸位。

「這保護阿龍的，我昨晚喊了一晚上也沒見到他的魂魄回來，有點煩。」胡眞心朝向遠方，「我知道那個女孩來了，剛剛一堆好兄弟都衝過去，不知道在搶什麼。」

「她可能想殺了妳，得到那份力量。」厲心棠看著胡眞心銀白的髮尾，「但我不確定能不能和平的轉移力量。」

胡眞心喉頭緊窒，做了深呼吸，「她會讓我和平轉移嗎？」

「我不知道……」厲心棠其實覺得不太可能。

只見胡眞心用下巴一挑，向厲心棠的身後，「讓她自己回答我吧。」

咦！厲心棠倏地回身，毫無徵兆的，白色少女已經出現在她們身後，朝著她們走來。

「李什麼？」胡眞心壓低聲音問著，臨時抱佛腳。

「李芝凌。」

胡眞心確認了身上的東西都在，小心的走上前，「李同學，妳好。」

李芝凌看著走來的胡眞心，眼神落在她的髮尾上，那個應該是她的力量。

「叫姐姐啊，有禮貌點。」胡眞心展開禮貌教學，看起來很勇，但其實她離李芝凌站了三公尺這麼遠。

「切。」李芝凌明顯的嗤之以鼻，「偷我力量的人。」

「誰偷了？說話客氣一點喔，我就只是在停屍間而已，我是去拿東西的！」

聽見偷這個字，胡眞心莫名的怒從中來，「爲什麼不怪妳自己，專挑有人在時重生！」

偷，是她的枷鎖，因爲她就是慣竊入獄的。

出來後她洗心革面發誓重新做人，絕對不再偷，現在這小女孩說她偷，她可不樂意了！

李芝凌沒有遲疑，當即出手，直接拉住了胡眞心，就往橋上走去。

「等等等等！」厲心棠趕緊追上去，「她沒有分到多少力量，她根本沒啥力量！不能就這樣維持現狀嗎？」

李芝凌根本沒有在聽，她拽著胡眞心往橋上走，如此纖細，力道卻奇大無比，胡眞心連想煞住腳步都很難。

李芝凌輕視著回眸，她才是報喪女妖，既然這個女人得到的力量這麼小，就更不需要了對吧！

「有完沒完啊！」胡眞心從口袋直接拿出八卦鏡，就朝著李芝凌照過去。

「哇——」

電光石火間，李芝凌從橋上直接被彈飛落進水裡，數步之遙的厲心棠瞠目結舌，居然有效!?眞的有效！

「那什麼？」她好訝異。

「八卦鏡。」胡眞心甩著左手，有夠痛的，「她是好兄弟嘛！」

半鬼妖，那是因爲李芝凌並沒有獲得全數的力量，不是完整的報喪女妖。

是啊，所以，溺死的本體依舊是亡魂！

李芝凌渾身濕透的從水裡躍出，全身掛著水滴，她站在橋的欄杆，怒不可遏的瞪著胡眞心。

「妳那是什麼？」

「大家有話好好說！」厲心棠又急忙介入中間，「妳要她這點力量沒用的，她拿到微不足道啊！妳現在依然可以幻化、可以報喪，不影響妳的能力，不要無緣無故殺人啊！」

「我如果是完整的，就不會怕那八卦鏡了。」當她蠢嗎？她是年輕，不是傻。

「好，那我們找別的方式把力量分離出來還給妳！」厲心棠試圖說服，「絕對比殺掉一個無辜者更好。」

「妳不要以爲妳不會死兩次就可以爲所欲爲！是他的人又怎樣！」李芝凌氣急敗壞的想對厲心棠動手，但明顯的還是有所顧忌，「這是我的事情！」

「但她是我朋友啊，而且蘭庄的人傷害妳就算了，胡姐沒有！」厲心棠挺直腰桿，「有這麼多方法，妳非得要選一個最傷人的。」

李芝凌冰冷的眼神不帶情感，「妳有沒有想過，因爲我不在乎，我現在可是**報——喪——女——妖——**」

她尖聲咆哮，厲心棠旋即緊閉上雙眼，原地蹲下，幸好那天她已經遭遇過音波攻擊了，早有防範！現在耳朵裡塞著雪女給她的耳塞，報喪女妖的尖叫聲依舊可怕，但至少不會痛了！

貨車上的阿龍嚇得摀耳，但胡眞心倒是沒有任何影響，而是不客氣的上前，雙手就朝著李芝凌的雙肩不客氣的往後推去！

「叫魂喔！叫那麼大聲幹嘛！」胡眞心回以咆哮，「我惹妳了嗎？我就做我的工作，妳自己要選那個時間復活的，現在還要找我麻煩！」

她每吼一句，就推李芝凌一下，就這麼步步推，一路把她推到了橋尾。

厲心棠看得是目瞪口呆，胡姐……還眞的不是吃素的耶！

「不要碰我！」李芝凌激動的喊著，天空不知道哪裡突然冒出一大群烏鴉，整個中邪似的朝著胡眞心撲去！

啊啊！胡眞心嚇得亂跑，烏鴉像是有意識般，不僅追著她跑，還瘋狂的啄她！

厲心棠想要追上橋去幫忙，但才上橋，腳卻突然被人抓住了！

「咦……哇啊！」從水裡爬出來的泡水亡者，竟紛紛爬上橋，緊緊抓住了她的腳。

放開放開！她拼命的踢著，但水聲不斷，她朝左看去，橋下爬出太多溺斃的亡者，連岸上的亡靈都朝著他們靠近了。

對啊，報喪女妖的武器就是這些死者啊！

「**滾開啊！**」胡眞心中氣十足的一聲吼，烏鴉下一秒竟瞬間被擊落！

管她力量有多少，有分到就算數了！

厲心棠好不容易才抽回腳，都還沒站起，就看見李芝凌大手一揮，剩下的烏鴉們重新衝向胡眞心，竟然將她逼到欄杆邊，然後……胡眞心翻了下去。

翻下去了！

「胡姐！」厲心棠跳躍閃過那些想抓她的亡靈，衝到橋的中間時，胡眞心已經不見了。

但是溪裡……蘭庄溪裡全是水鬼啊！

噗……胡眞心拼命的抬頭想要呼吸新鮮空氣，一堆水鬼包圍著她，這時就可以體會她與李芝凌的能力高低了！水鬼直接朝她逼近，她就算把手打直了，也觸不到橋底，根本抓不——噗！

腳下一股力量將她向下拉，胡眞心轉眼就消失在水面上了。

「胡姐！胡姐！」厲心棠焦急的即刻爬上橋的欄杆，就要跳下去救人，她可是會游泳的！

烏鴉們卻瞬間從天空衝下，自水面朝厲心棠群攻，尖喙刺得厲心棠發疼，沒兩秒就把她撞回了橋上。

李芝凌站在橋上看著底下掙扎的水花，放心好了，溺斃的時間很短暫，要不了多久就不會有感覺了……這可是她親身經歷。

只要那個叫胡姐死了，力量就會完全歸於她了……李芝凌闔上雙眼，迎風等待，想感受自己全然成爲女妖的瞬間。

「把人救上來，否則妳就看著他死吧。」

橋頭，終於傳來闕擎的聲音，趴在地上縮成一團的厲心棠勉強抬頭，隱約的看見兩雙腳。

李芝凌驚愕的向左回身，看見療養院的男人竟揪著季暉！

季暉已病入膏肓，他甚至連站都站不直，任由闕擎拿捏，一點反抗的氣力都沒有！

「放開他！」李芝凌雙眼轉紅，銀白髮都豎起了。

「在這些亡靈或烏鴉衝來前，我就能殺了他。」闕擎甩動著刀子，「要來賭速度嗎？把人拉上來，一、二——」

「起！」李芝凌大喝一聲，胡眞心一秒從水裡筆直竄出！簡直像拍電影似的，胡眞心以站姿，被一堆泡水屍舉起的，她還在劇烈咳嗽，但怎樣就是倒不下去。

這高度……胡眞心抹去眼上的水，她伸手就能抓到橋了。

「我放過了精神療養院，你竟敢這樣對我！」李芝凌簡直怒不可遏，「既然這樣，我就絕對不會輕易的放過那間療養院！你就等著——」

「哇啊啊啊！」厲心棠跳了起來，衝向李芝凌摀住她的嘴，「我有辦法救季暉！」

李芝凌直覺性嫌惡的將厲心棠彈開，她極爲狼狽的再度摔倒，四腳朝天的疼！李芝凌又氣又惱，她是堂堂的報喪女妖，爲什麼要被這些人類阻礙！

「季暉的病是因妳而起的。」闕擎不客氣的拖著季暉往橋這裡走來，「妳是死亡的代表，因爲妳，李暉才會一步步邁向死亡。」

李芝凌圓睜雙眼，恢復成美麗的樣子，「不可能！等我擁有了完整的力量……」

「妳還是死亡的女妖，妳只會帶著季暉邁向死亡。」厲心棠吃力的爬起來，「他跟著妳三個月，就是一種慢性自殺。」

不會的、不會的。李芝凌看著臉色蒼白虛弱的季暉，她解決掉季暉的外婆跟其男友後，季暉就陪在她身邊，那時的他是瘦了些，畢竟外婆不太給他吃飯，但是……沒有這麼瘦弱。

「不要管我，做妳想……做的事。」季暉連說話都在喘了，聲如蚊蚋，若不是她是報喪女妖，是根本聽不見的程度。

他什麼時候開始吃不下的？仔細回想就知道，他開始睡不好、吃不下，吹個風就感冒，接著開始咳嗽，身子越來越虛弱，一天只吃那麼一點點，總說著自己沒有食欲。

她知道的，季暉跟她離開蘭庄後，身體是每況愈下，直到現在。

「我們誰也不要爲難誰，我負責季暉的平安與健康，妳放過胡姐，不要刻意敲響喪鐘……我們會想辦法，把胡姐的力量還給妳。」厲心棠冷靜的、慢慢的說著，「這是個誰都沒有損失的方式。」

他們不能在一起嗎？透明的淚珠滑下臉龐，這跟她想的不一樣，她現在很厲害了，可以保護自己、守護季暉，他說過要永遠跟著她的。

「如果，成為死靈的話……」李芝凌忽然哽咽的看著季暉，「你也願意跟著我嗎？」

什麼!?闕擎感受到不對勁，手上的季暉點了點頭，冷不防動手搶過了闕擎的刀子！

但這脆弱的身子根本沒用，闕擎不客氣的一拳打暈他，想自殺？

「不許你碰季暉！」喔喔！報喪女妖生氣了！「殺掉他！」

她是對著亡者下令的，氣急敗壞的她，沒有閒暇去留意橋下的另一個報喪女妖。

「全世界都對不起妳，可不包括我！」

胡眞心早已爬上了橋，早繫在手上的白布瞬間由後勒住了李芝凌的頸子，然後她縱身再度往橋下跳去！

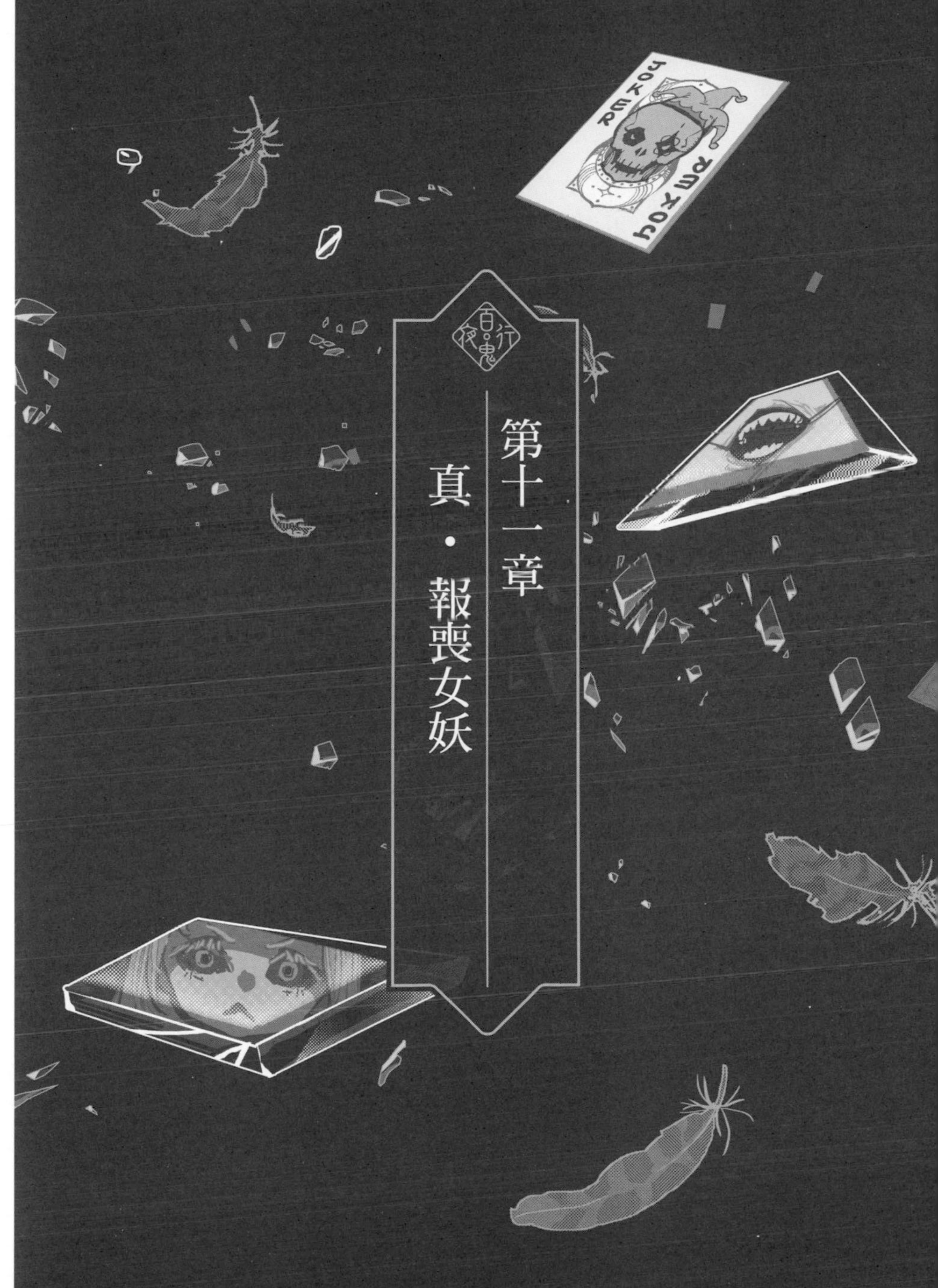

第十一章 真・報喪女妖

啊……李芝凌後仰的向水下掉去，這種程度的威脅，對她當然不可能有任何作用……如果「百鬼夜行」那個女孩沒有往她嘴裡塞東西的話！

厲心棠跟著撲前，將包裹著佛珠與香灰的符紙，直接朝李芝凌的嘴巴裡塞去，她沒有一點猶豫，跟著也跳下了橋。

「我不想要把衣服弄濕喔！厲心棠！」闕擎不爽的吼著，趕緊奔上橋，把橋頭橋尾早就隱藏好的紅線拉起來，再到橋尾拿過藏在橋邊的鈴。

叮鈴。

喝！小貨車後車斗裡的阿龍瞬間像醒了似的，這鈴聲他好熟啊……他立刻按下了音樂開關，抱過電子琴——

送葬，開始了。

滿是水花的蘭庄溪水下，正暗流湧動，水下的胡眞心緊緊收緊手上的白布，死死勒住李芝凌的頸子，厲心棠除了剛剛往李芝凌嘴裡塞東西外，剩下的就是閉氣等待。

她，現在還是半鬼妖對吧？

所以李芝凌的部分還是亡靈，處理好兄弟有好兄弟的方法，橋上其實胡眞心剛剛早一天來就設計過了，塞進她嘴裡的也都是驅鬼用的符與香灰，厲心棠現在抓過李芝凌的一雙手腕，在上頭也繫上紅繩，紅繩上還穿了個銅錢！

不——李芝凌痛苦掙扎，爲什麼她有種要被推出去的感覺？誰在推她？她不應該會痛苦的，她現在應該可以掙脫雙手，反手將那個胡姐壓進水裡，壓進爛泥裡，把她弄死才對，爲什麼她會完全使不上力？

啪！下一秒，她被推出去了。

有種上浮的感覺令她措手不及，但厲心棠看得清晰，她趕緊將胡眞心給她的白布再繫上李芝凌靈體的雙腕，然後拖著她竄出了水面！

嘩——哈！哈！

她大口喘著氣，仰頭看著橋上的闞擎。

「亡魂拖出來了嗎？」他喊著，因爲那台小貨車的聲音太大了。

厲心棠點著頭，舉起右手，她右手還纏著那白布，另一端浮上來的……是那個臉部浮腫、塞滿淤泥、額上還有傷口的少女。

眞正的李芝凌。

此時的胡眞心已經上岸，她則是拖著另一具半透明的美麗少女上了岸邊，那少女也是李芝凌的模樣，美麗乾淨，還有著白髮與黑髮尾。

「馬的！」胡眞心拖著滿身是水、沉重的身子，再拎過早放在橋尾地上的旅行袋，從裡面拿出衣服，帥氣甩開。

是哭喪女的全白裝束。

「走開！」她蹣跚的來到闕擎面前，接過他的搖鈴。

闕擎笑了起來，看著她好整以暇的穿戴起那身孝衣，由衷佩服其敬業精神。

他飛快的跨過紅繩，不安的瞥了厲心棠一眼，她仍在水下，拉著剛脫離的李芝凌亡靈。

『啊啊！爲什麼!?爲什麼!?』李芝凌終於反應過來，恐懼的張望著，『爲什麼我是這副模樣!?』

她每說一個字會吐出一堆泥沙，厲心棠皺著眉看向她，突然想像她的死亡過程，也眞的是有點可憐……她的肺裡，只怕全是淤泥吧。

李芝凌轉頭，她看見漂亮的另一半身體在岸邊，立即要往屍體游去。

『把她壓進水裡！』李芝凌大喊著，但是水鬼們只是望著她。

遲疑著，猶豫著，因爲現在這個李芝凌沒有任何令他們懼怕的力量。

叮鈴！響亮的鈴聲自橋上傳來，胡眞心拿出了自備專業麥克風，清了清喉嚨。

「李芝凌！聽好了！」胡眞心深吸了一口氣，「免費的，送妳一程！」

帶著哭腔的祭文開始了。

媽呀！厲心棠瞬間起了雞皮疙瘩，她聽不懂胡眞心在說什麼，但她哭得好傷心，讓人動容到難受！伴隨著背後放的音樂與阿龍的琴聲，厲心棠難受得鬆開了手。

『閉嘴！啊啊啊啊！』李芝凌痛苦得在原地抽搐，吐出來的全是爛泥，她想朝著岸邊那具身體游去，可是她動不了……爲什麼……

她整個人都好痛苦，身體無比沉重，一直往下掉，往下……她是報喪女妖啊！她現在應該已經可以到首都歌唱，唱一首送葬曲，輕易的爲千人報喪，爲什麼她會在水裡？爲什麼會在這條蘭庄溪裡？

不要再哭了！李芝凌的亡靈沉入了水裡，她無法控制自己的開始漂浮、倒立，她可以看見其他溺死的水鬼們驚愕的望著她，卻沒有一人過來幫她。

男人涉水而來，抓過了載浮載沉的厲心棠，使勁往岸上拖。

「我是不是說過我不想弄濕衣服！」他抱怨著，但還是把她拖上岸了。

厲心棠是吃了些水，但並非溺水，只是可能溪水太冷，又因爲緊張在裡頭出了力，臉色很糟，渾身嚴重發顫，不停的打哆嗦。闕擎將她拖離岸邊越遠越好，天曉得那些亡靈會不會突然發瘋跑上來！

但沒關係……他執起厲心棠的右手看著，蕾絲戒還在，性命攸關之際，這戒指至少能保護她。

嘖！現在響遍這溪畔的就是魔音穿腦似的哭喪聲，誰想得到還帶有伴奏跟麥克風？不得不說這位胡姐眞的絕了！

厲心棠告訴他，胡姐說他們有自己的方式，她要好好送走李芝凌。

起因是因爲「半鬼妖」，厲心棠說這樣的形容很絕，正因爲不是完整重生，所以那裡面有著眞正的報喪女妖，也有李芝凌的靈魂，換言之，是個亡靈。

只要把兩者分開，專注對付一個亡靈，還不會太難……在她質變之前。

闕擎專注看著橋下的動靜，有一隻腳出現了，跟著另一隻浮起，一雙女孩的腳倒栽蔥般的，插在爛泥裡。

這便是當初李芝凌的死法。

回到重生之前的死亡狀態，岸邊那具美麗的皮囊反而漸而模糊，成爲靈體的模樣；胡姐說要把李芝凌「送出去」，但是他好奇的是，封閉的蘭庄裡，亡靈不是離不開嗎？能送去哪裡？

還是當李芝凌失去報喪女妖的力量時，當初的限定便解除了？不懂。他只能觀望。

「哭喪」！

胡姐還在哭，祭文沒有停止，厲心棠難受的皺眉，喊著冷，想要吃東西。

「我覺得我餓了。」她大方的枕在他腿上，喃喃的說。

「等等我們一出去，就立刻吃大餐！」他試著搓揉她的雙臂，實在沒什麼用，她溼透了，「李芝凌已經變一具屍體了。」

「嗄？那也要小心！她剛回去，一個亡靈，還是能變厲鬼的！」厲心棠吃力的撐起身體，「我金剛杵放在背包裡，上去吧！」

因為她總覺得，李芝凌被迫跟報喪女妖的靈魂分離，鐵定抓狂。

「她身上不是都繫上白布了？」

「那叫召魂幡!!」她嘖了聲，白布咧！

胡眞心聲聲哭泣，喊著名字、喊著惋惜，而厲心棠他們則走上岸，到機車那兒拿出金剛杵，順道照看阿龍，他正彈奏著電子琴，有模有樣，但眼神還是不太對焦。

「他魂魄歸位了嗎？」

「我只是陰陽眼，不是師父。」闕擎不耐煩的說道，卻還是走到貨車邊，「我看不出來，喂！阿龍？」

遠方祭文彷彿結束，阿龍也停止奏樂，緩緩的看向他們……感覺還是不清明。

悲傷哭腔終於結束，在剛剛那一陣嗡嗡聲中，現在顯得特別寧靜；胡眞心眞的哭得聲嘶力竭，她原本聲音就非常宏亮，哭起來更是感情豐沛，彷彿李芝凌是她的親人一樣。

抹去滿臉淚痕，胡眞心當然是眞心爲李芝凌哭泣，對每一位家屬都是一樣的心態，不感同身受又怎能表達眞感情？而且她知道那也只是個可憐的孩子而已，她在那樣的家庭生活，又要怎麼期待她仁慈善良？

長期被暴力對待，被打壓與輕視，好不容易獲得主宰的力量，往往都會走偏，總是要換她試試主宰他人吧！至於她的冷血殘忍，活著的時候沒有人待見她，又憑什麼要求她溫柔？

她懂，她當然懂！因爲在她十六歲時，也是這樣怨天尤人的想法，否則她哪會去吃免錢飯？正值青春叛逆，沒有人引導，有的只有欺壓，李芝凌比她更慘的是，她死了。

「把妳關在身體裡，等運出去就幫妳超渡，妳等著。」胡眞心對著溪底那雙倒立的腳說著。

瞥了眼對岸已消失的美麗身影，現在她只看到白色發光體，像是一坨靈魂似的。

再三合掌拜了拜，胡眞心蹲下身子開始收著麥克風。

而橋的十點鐘方向，那慘白而脆弱的少年，緩緩睜開了眼……迷濛雙眼第一眼看見的，卻是倒立在溪裡的那雙腳！

芝芝？芝芝！

她落溪那天他不在，因爲外婆叫他去幫那個男人搬東西，他根本不在蘭庄，人在外縣市，接著芝芝復活後，他自然更不知道這些事，她的死亡過程，在橋上委屈的被石頭擊打、乃至於掉落溪底的掙扎，都是她親口轉述的。

但是，她不是回來了嗎？季暉看著那雙倒立在水裡的腳，芝芝當天是這樣溺死的嗎？爲什麼她現在又在那裡了？

阿龍關掉音樂，腿上還架著電子琴，反應還是有點遲緩，他的魂魄沒回來，但剛剛那段哭喪，附近的亡靈倒是少了大半，闞擎非常好奇，出不去也送不走，他們能去哪兒？

不過，他有更加關心的事，戳戳厲心棠，「那個李芝淩與報喪女妖分開了，報喪女妖的靈魂呢？」

「我要想辦法帶回去給叔叔，或者……」厲心棠若有所思，「你知道這座橋，就叫班西橋嗎？我覺得……啊！胡姐！」

她突然一聲尖叫，眼神是越過他身後喊著，闕擎連忙回身，厲心棠已經衝過去了。

因爲那個少年已經走上了橋，逼近了胡眞心！

聽見叫聲的胡眞心才收好麥克風設備，提拎起袋子，往左一旋身，就看見那個病懨懨的少年近在眼前。

「你……」她才啓口，季暉直接用盡全力衝向胡眞心！

兩人撞擊，胡眞心下意識伸手抵住，但卻沒能擋住插進她胸口的刀子。

咦？她一時沒感到痛，低頭看著在胸口綻放出的血花，腦袋一片空白，爲……爲什麼？她不認識這小子啊！

「你們——對芝芝做了什麼？她沒有錯，我們沒有錯，錯的是你們！」季暉哭喊著，「爲什麼你們可以踐踏我們，我們不能回敬你們呢？憑什麼！憑什麼啊！」

胡眞心說不出話了，手上的袋子掉落，她人跟著踉蹌，季暉連拔刀的氣力都沒有，原地頹然倒下，彷彿用盡生命的氣力，要替李芝凌出口氣！此時厲心棠已經奔至，及時抱住倒下的胡眞心，她落在厲心棠的臂彎間，顫抖著唇，瞪圓的眼裡淚水凝聚，卻說不出一個字。

阿……阿龍……她吃力的舉起右手，很想要交代。

「阿龍。」意外的，厲心棠讀取得順當，「我知道妳擔心阿龍的三魂七魄，我一定找到，讓他恢復。」

胡眞心抽著嘴角彷彿想笑，但眼裡漸漸失去光澤，舉起的右手也緩緩放下。

「胡姐……胡姐！」厲心棠看著胸口全染紅的胡眞心，那身素服變得如此刺眼，她慌亂的想找人求救，無人可進的蘭庄，自然也不會有醫護……醫……

她看見了那發光的模糊靈體。

「闕……闕擎！」厲心棠突地尖喊著，「幫我！快點幫我把胡姐丟下去！」

奔跑聲恰恰就來到她身邊，闕擎瞬間錯愕，「什麼？」

身上也染滿血的厲心棠已經抓著胡眞心半站而起，但她一個人抬不動啊！

「丟啊！快點！丟下去。」

闕擎擰眉，但看胡眞心瞳孔已經放大，插在心窩的刀子，再怎樣也不是他殺的對吧？即刻抓起胡眞心的雙腳，與厲心棠合力讓胡眞心翻過橋邊，丟進溪底。

厲心棠立刻轉身往橋尾奔去，將那模糊身影的「報喪女妖」往溪底推進去。

「妳既然還有部分在胡姐身上，表示胡姐是不是也是適合的重生軀體？」厲心棠喃喃唸著，「選品德，別選能力啊！拜託！」

報喪女妖的靈體其實摸不著，像風一樣輕，反而是烏鴉們又不知從何出現，自厲心棠身後分成兩路衝來，將靈體推進了溪裡。

胡眞心是看著水面沉進溪底的，血從她胸口冒出，融入了水裡，一下子也就不見紅了，她只能瞧見水面上的亮光，波光粼粼的，還有……削瘦狼狽的男人，以及好幾個孩子。

有個女人平靜的央求自己丈夫淹死她，唯有如此，才能讓孩子們都平安。

男人激動的抱住她，說著他們可以在山裡活下去的，可是女人哭著搖頭，重點不是活下去，是要有尊嚴的活下去，孩子就算能撐下來，未來該怎麼辦？終身待在山裡嗎？

她吻別了孩子與丈夫，逕自走入河裡，她只是希望丈夫能助她一臂之力，在她本能掙扎求生時，能壓著她……最後，他要讓孩子健康平安的長大。

過去的報喪女妖，不是被殺的啊！她有著更重要的人，更重要的——阿龍！

厲心棠站在岸邊緊張的掐著掌心，看著平靜的水面憂心忡忡，此時那雙倒立的腳卻猛然抽搐，讓她嚇了一跳！

「我下去！」厲心棠說完，竟直接往溪裡跳去。

「喂！厲心棠！」闕擎在橋上吼著，可是她已經潛進了水裡。

她是有帶著金剛杵，但膽子也太大了，李芝凌現在是亡靈，但看樣子送葬歌果然沒能送走她！

『啊啊啊——』厲鬼自爛泥中猛然脫出，甩動著包裹她整顆頭的泥濘，她看著眼前淡綠色的溪水，爲什麼她人在這裡？

看著自己腐爛腫脹的手，揮之不去的窒息感，漂散在水裡的黑色長髮，這不是她，她是報喪女妖！連那些素昧平生的人，也要欺負她嗎？

她整張臉因恨而扭曲，清楚的感應到報喪女妖的存在，就在附近的……紅腫的雙眼往下看，白色的光芒正緩緩往下沉，透過那模糊的白光，她也瞧見了沉入溪底的胡眞心。

李芝凌毫不猶豫的往下游去，只有她是報喪女妖。等她重獲新生，她不但要殺了整間精神療養院的人，那個「百鬼夜行」的女孩她也不會放過！大家都等著辦喪事吧！

水面的平靜透出了不安，方圓一隻水鬼都沒有，都嚇得屁滾尿流了嗎？闕擎總覺得在他們不知道的地方還有出什麼狀況，將這裡的亡靈們吸引走。

他幽幽朝左看去，走向一公尺之遙的少年，隻手就能拎起他般的輕鬆。

「啊！」季暉還是想做一些無用的掙扎，「咳咳……咳咳咳！」

「我來告訴你憑什麼。」闕擎不客氣的抓著季暉的頭髮，逼迫他望著自己，「不為什麼，就因為世界本不公平，而你剛好在不公的那方罷了。」

季暉忿忿的望著他，他想生氣想出拳都無濟於事，然後他緩緩瞪大了眼睛，狐疑的蹙眉……闕擎鬆手將他扔掉，走回欄杆邊，取下護身符纏繞掌心，打火機也備妥，隨時等著應付突發狀況。

李芝凌終於鑽進了那白光裡，但……白光卻又往下沉去，未曾與之結合。

『不！我在這裡！』她張嘴吼著，吐出的都是源源不絕的泥沙，『我才是……』

白光落在了溪底的胡眞心身上，死未瞑目的她依舊面無血色的躺在溪底，但是她那僅有髮尾是白色的黑髮卻開始變化，白色的面積開始自髮尾往上擴散，一路往上往上——

『啊！』李芝凌痛苦的尖叫著，感應到什麼似的，一回頭就衝向了潛入的厲心棠！

媽呀！所幸她金剛杵就握在手上，瞬間嚇走了撲上來的李芝凌，剛剛那張臉也太可怕了，泡水屍真的很不好看！往下看著一頭銀白髮的胡眞心，但她還是動也不動……胡姐？胡姐？

她伸手想戳戳胡眞心，既然頭髮都已銀白，那麼──

『都是妳害的！』右測冷不防衝來李芝凌，厲心棠完全措手不及！

嘩──溪裡炸起了水花，闕擎來不及閃躲，接著有人重重的摔到他身後，回頭一看，他莞爾一笑。

「妳上岸的姿勢挺炫的。」他蹲了下來，拍拍厲心棠的背。

「痛……痛死我了……」她正面朝下，痛到站不起來。

光裸的腳毫無聲響的踩上橋面，依舊披著一身素衣的胡眞心穩穩的站著，那把刀甚至還插在胸口。她看上去有點迷茫，頭髮已徹頭徹尾成了銀白色，連肌膚也變得白皙透明，人說一白遮三醜還眞沒錯，胡眞心是沒李芝凌漂亮，但現在變成這銀髮白膚的模樣，顏値也比平常高太多了。

「怎麼白成這樣？我的天哪！」胡眞心看著自己的手，「好作啊！」

嗯哼，闕擎挑了眉，果然還是那位胡姐。

「刀子借一下。」闕擎起身朝她要刀子，胡眞心低首看著自己胸口，遲疑的拔起，不痛也沒見血。

少年踉蹌不支的往橋頭走，像陷入瘋狂一般自個兒鬼吼鬼叫，喊著不要過來，大喊著走開不要碰我，彷彿在跟無形的敵人作戰；闕擎則拋著那柄刀，從容的朝季暉走去，同時指指溪水，麻煩胡姐留意一下，下頭有位戾氣很重的傢伙喔！

說時遲那時快，溪底竄出了李芝凌，她隻手攀上了橋底，一步一步的抓著橋爬上來！沒有什麼廢話，直接就衝向了胡眞心，因爲那份力量，本來是屬於她的。

剛好！闕擎把刀塞進了季暉的手裡，「給你。」

胡眞心輕易的就攔下了李芝凌，僅僅只用了一隻手，她不爽的瞪著已經變形的少女，眞的是怒從中來。

「妳有完沒完啊！妳已經死了！」胡眞心忿怒的用力一掐她手腕，「給我在溪底好好思考吧！」

餘音未落，李芝凌的手便被掐斷，因爲她的手已經化成泥巴，落上了竹橋，再變成泥漿往下滲去！

在報喪女妖面前，死靈厲鬼算得上什麼？

媽呀！厲心棠滾動身子，開始往前爬行，她試著想站起，可是剛這一摔眞的太痛！還好送完刀子的闕擎趨前一骨碌將她抱起，遠離泥人融化現場。

李芝凌全身開始融化，她變成了泥人，一塊一塊的掉落，又氣又急的看著那變得美麗的胡眞心，她怎麼會變成現在這副模樣，她才該是美麗又強韌的女妖啊！

『爲……什……麼……』

「因爲我偏偏選在那個時間待在停屍房裡吧。」胡眞心聳了聳肩，雙手一攤，SO？

「啊啊——滾開！不要碰我！」

橋頭的慘叫聲傳來，李芝凌驚恐的回頭，看見她的少年挖出自己眼睛，切割自己的肉，一邊吼叫一邊抵禦又一邊自殘，李芝凌喉間模糊的喊著季暉，才跨出一步，泥腳也跟著迸斷了。

正面都摔得又青又紫的厲心棠摟著闕擎的脖子，任由他抱著從容的走過自殘的季暉身邊，她不敢看。

胡眞心撩起全頭銀白髮絲嘆氣，抓起麥克風袋子也往小貨車走去，心裡現在很擔心裡頭的麥克風摔壞了，道具都是要錢的耶！經過跪地的季暉身邊時，她不免想著李芝凌的那盒撲克牌裡，是否也預知了季暉的這番慘死？

可是……爲什麼這孩子會自殘呢？她不由得蹙眉，然後看向了前方那瘦高的男子背影。

「阿龍會因爲跟著我而死嗎？」把東西放回後車斗時，胡眞心望著朝她笑的阿龍問著。

「這得回去問我叔叔或雅姐了！妳現在是報喪女妖的完全體，或許能更好的控制力量吧！」厲心棠冷得直打哆嗦，就沒帶乾的衣服啊。

胡眞心看著他們兩個凍得瑟瑟發抖，而她脫掉素衣後，裡面眞的是白色紗裙，她這輩子沒穿過的衣服……唉！她直接跳上後車斗，從角落袋裡抽出了衣服，「我這邊有工作服，你們換著吧！」

哇，全白的衣服！厲心棠接過衣服，急忙找棵樹後就要換了！

「幫忙一下，那群鬼……」

「我要解放他們吧！」胡眞心嘆口氣，她現在所有亡靈都看得太清晰了，實在很不舒服。

「不不不，千萬別解放！一次一千多個太可怕了，這個得跟地獄從長計議。」厲心棠連忙阻止，「現在，我們先離開這裡，回我店裡去，剩下什麼都不要做！」

胡眞心點了點頭，什麼都不知道的她，也只能這麼做！她叫亡靈們都閃開，不許妨礙他們，厲心棠才敢去換了衣服。

闕擎則站在車頭望著已經陳屍在橋上的少年，身為死靈也願意跟那位芝芝在一起不是？祝他們幸福久久吧，呵。

闕擎也換好衣服後，一行人便坐上貨車離開，阿龍依然坐在後車斗裡，胡眞心就穿著那白色紗裙衣裳開車，滿臉的嫌惡。

「我覺得我這樣好噁心啊！」她邊開車邊低咒著，「白得跟鬼一樣，銀白髮，我連睫毛都是白的，這就是什麼透明感嗎？衣服好不方便喔！」

「……妳是報喪女妖。」厲心棠客氣的提醒。

「我是哭喪女！」車子一路開往隧道，蘭庄死寂依舊，亡靈處處，他們一邊畏懼著報喪女妖，一邊又有一群往前方不知道在追逐什麼。

胡眞心突然拿起車內麥克風，打開了擴音器，車頂擴音器頓時出現刺耳尖銳的聲音，嗶——

「阿龍！方阿龍你聽見了沒！現在我們的車子正行駛在主幹道上，你聽到了立刻給我過來，你的本體在後車斗！」她停了一會兒，再來一次，「親愛的方阿龍先生，這裡是哭喪女一號，請聽到廣播速速到車上集合，您的身體正在等您。」

不能笑……厲心棠憋著笑，悄悄的往窗外看去，胡姐眞的是個很有趣的人耶！她到現在還不知道，整個蘭庄都在報喪女妖的控制下，她可能只要召喚一聲，阿龍的魂魄就會咻地歸位了。

「我說方阿龍，這裡是胡眞心——」第三次廣播，闕擎身後的玻璃窗突然被敲了兩下。

「不要再叫魂了！我在！」阿龍在後面大聲喊著，「我回來了啦！」

軋——胡眞心一個緊急煞車，趕緊探頭出車窗，整個人回身喜出望外的看向也探出頭的阿龍！

「你回來囉！」

「……哎唷，妳怎麼變成這副鬼樣子？」

噗……厲心棠忍不住噗哧出聲，偷偷的看了闕擎一眼，連他都忍不住輕笑，果然是夥伴啊！

嗯？闕擎瞇起眼，他坐在右側，前面那條右岔路上，好像有個詭異的身影。

胡眞心開心的打完招呼，放下擴音麥克風繼續往前行，闕擎不動聲色的仔細看著那條路上在行走的「人」，他百分之百確定，那個試圖伸長手呼喚他們的，是人。

「看什麼呢？」厲心棠好奇的想張望。

「沒什麼。」闕擎即刻正首，微微一笑，「終於可以離開這個鬼地方了。」

他們是可以離開了。

但那個步履蹣跚的少女呢？闕擎笑容凝在嘴角，看來李芝凌果然沒有放過她啊！

「救……救我……啊！」

女孩吃力的往前走，雙腳都不是自己的，呈現詭異扭曲的姿態往前行，沒走兩步又砰的摔倒，她應該要撐起身子的，但連手都無法控制。

「啊啊啊……你們不要這樣！離開我的身體啊！」她哭喊著，下一秒又變得嚴厲，「現在是誰在鬧啊？我們這樣要什麼時候才能走出這裡？」

「這個身體已經夠擠了！不要再讓別人進來了！」

「哎唷，我討厭跟這麼多人擠在一起！」

女孩不停的變臉，五官扭曲變形的切換情緒、神情與聲音，好不容易重新站起，她歪歪斜斜的朝著隧道前進，剛剛明明有車子與廣播的，但是她趕不上，追不到啊！

此時路旁有個身上插著鐮刀的男人，迫不及待的朝著少女撲過去。

「——不！不要！」她無力的再度摔倒在地，身體痛苦的扭動著，感受著又一個靈體鑽進她的身體裡，「李芝凌！」

身爲唯一一個可以離開蘭庄的人，所以亡靈們爭先恐後的想要附身在這具軀體上，好離開蘭庄啊！

她不停的抽搐反胃，附身在她身上的靈體之多，讓她痛苦不堪，無法掌控自己的身體與情緒，她彷彿是個無法控制的多重性格患者……嗚，連行動都辦不到啊！

地面震動，躺在路中央的她驚愕的抬首，發現隧道裡出現車燈，接著一台車子竟然駛入，在她面前停下。

車門打開，一雙靴子踏出車外。

女人走近她，認眞的凝視了一會兒，若有所思。

「嘖，這個身體裡面有十幾……二十幾個靈魂耶，不擠嗎？」

另一組足音走來，「就是被整的那個吧！」

「救……救我……」鄭湘瑤舉起手，淚眼汪汪的想看著來人。

但女人直接無視她往下走去，看著這死城蘭庄，而另一個男人蹲了下來，鄭湘瑤看見是個很清秀的男子，還戴著副眼鏡，正觀察著她。

「放心，我們不會動妳的。」他像是跟女孩保證一樣。

另一方面來說，也不會救她的。

淚水撲簌簌滾落，現在的鄭湘瑤連喊都喊不出來：為什麼？李芝凌不是已經放過她了嗎？為什麼會這樣？

「姐，不錯喔！這裡簡直是Buffet吧！」男子笑著，「別忘了最重要的班西橋下。」

「知道呢！」女人深吸了一口氣，「難得的大餐，開飯囉！」

第十二章 新生活

天空被雷電劈成銀白色，厲心棠靜靜站在窗邊，看著狂風驟雨打在她落地窗上，外頭水塘裡的植物也風雨飄搖。

這是間如度假小屋的森林別墅，半開放空間，闕擎躺在客廳的長沙發上，看著外頭的天候，雨打聲此時卻意外有份寧靜。

「外面的世界也下這麼大雨嗎？」他輕聲的問，實在是說話就痛。

阿天說話算話，一回到「百鬼夜行」，他的肋骨即刻恢復原狀，痛到幾乎暈厥，等他醒來時，他就已經在這處世外桃源了——沒有任何討價還價的空間，也回不去精神療養院，只能待在這裡休養，他活像被綁架卻無能為力。

這裡是厲心棠的「家」，要從「百鬼夜行」的三樓某間衣櫃中穿行，像進入另一個世界般抵達的地方，在山裡湖畔，湖光山色非常美麗……美到他實在難以辨別，這裡還是不是人界。

「什麼外面的世界，都一樣的世界啦。」坐在他腳邊的厲心棠笑著，她曲著膝正在滑平板，「這兩天會下不停，雨量應該會超標。」

然後，就能讓山上的堰塞湖潰堤，造成土石流，將整個蘭庄掩蓋。

這是胡眞心跟地獄商討出來的最佳結果，光是讓蘭庄溪暴漲是不夠的，因為很難造成滅鎮的景象，最終只能用這招。

「希望一切可以順利。」闕擎輕輕的說著話，不敢太用力。

「但是我聽說裡面的亡魂少了非常多，不明所以的消失了。」厲心棠倒是覺得有點奇怪，「報喪女妖沒讓他們走，他們是用什麼辦法離開的？」

闕擎看著雨打綠葉，「或許胡姐沒那麼硬吧？她一開始也想著釋放所有亡靈的。」

「唉，只是地獄那邊樂得開心，因為少做很多事……我偷聽店裡亡靈聊天的！」她聳了聳肩，「反正不是我們能管的，我現在啊，比較好奇李芝凌的亡魂怎麼了！」

被困在爛泥裡嗎？地獄會怎麼處理她呢？還有那個從小一起長大的少年，他們能在一起嗎？

「我覺得，妳就不必煩惱這麼多了。」闕擎嘴角忍不住挑起，「對！我網購了三箱養樂多，記得幫我謝謝阿天。」

「喔喔！好！」厲心棠亮了雙眼，「他一定會高興死了。」

「這次多虧他了。」闕擎再度看向窗外，不只是讓他暫時擺脫斷骨的痛，最重要的是那句：打掉重練。

李芝凌是怎麼成為報喪女妖的？沒有死哪來的重生？他們原本認為胡眞心會

先被李芝凌解決掉，設想是淹死，所以才會引李芝凌到班西橋去；接著他們再來對付李芝凌，好分離她的亡魂，只是沒想到胡姐比他們想的更厲害，還可以現場哭喪——可惜沒送走。

所幸之前他對季暉根本沒下重手，刀子也是刻意擺在他腳邊的，少年就是一個備用棋。他也早就注意到季暉醒了，只是放著不管，想看看他能做什麼；只是沒料到都還沒刺激他，看起來這麼瘦弱的人，竟然會爲李芝凌如此拼命……他與李芝凌之間，只怕是外人都很難理解的感情吧！

但多虧了他，省了許多事，李芝凌的亡魂受困、胡眞心一死、報喪女妖就能再度選擇重生的身體了。

至於李芝凌，厲心棠眞的不必煩惱太多，他相信唐家姐弟已經好好處理了，呵呵。

「看這雨勢，說不定今晚就能達成滅鎮了……」厲心棠站在落地窗前，多少還是感嘆。

「主要也是因爲這一次的報喪女妖太沒耐性，否則分批處理也是可以的。」某位男士的聲音突然響起，讓闕擎有點緊張。

「叔叔！什麼時候回來的？」厲心棠放下平板，開心的奔過去。

飛撲擁抱，就像是父女一樣，厲心棠的確是他撿到且由他養大的。

叔叔抱著愛女，仔細觀察著她全身上下的瘀傷，眞是有點心疼……不過，也比那個肋骨斷掉的好。

「你別動，我知道你待在我家。」叔叔走到茶几邊，好讓闕擎看見他。

今天的叔叔風采依舊，俊逸性感。

「我眞的不是自願打擾的，我很擔心我的……」

「拉彌亞在那邊，你放心。」叔叔凝視著他，眼神彷彿想看穿他似的，讓闕擎下意識避開，「棠棠，胡小姐他們要走了，妳要不要去送送？」

咦？闕擎震驚的看著她，別去啊！不能把他扔在這跟這位不知何方神聖的叔叔相處吧？

「好！」厲心棠趕緊往房間奔去，「啊，你不要欺負闕擎喔！闕擎，我會幫你好好跟他們告別的！」

「不必，我……」闕擎話都沒說完，厲心棠已經奔離了。

她輕快的穿過衣櫃，回到了「百鬼夜行」的三樓，一走出小房間就差點沒被門口的人影嚇死。

「煩耶你！」她沒好氣的揍了眼前的「闕擎」，「你不要變成他的樣子！」

「我以爲妳喜歡這張臉?」闕擎撫著自己的臉，神祕的古典美男子。

「我喜歡啊，但你是阿天!」厲心棠戳了他。

阿天下一秒變成了季暉的模樣，「這麼喜歡，還不告白?」

「不關你的事啦!我也只有一點點的喜歡而已!」她瞬間面紅耳赤!

「喔，一點點的喜歡，就可以把一個無辜少女推向虎口喔?」阿天雙眼閃過狡黠，身邊的女孩戛然止步。

有別於剛才的羞赧，厲心棠歛起笑容，一本正經的看著他。

「鄭湘瑤可一點都不無辜，她推斷了闕擎的肋骨。」厲心棠沉著臉，「我不喜歡她爲了自己拼命犧牲別人的模樣。」

「人都是這樣的，求生之前，都是自私的。」阿天不懷好意的說著。

「是啊，但不能傷及我在乎的人。」她重新堆滿笑容，「我現在腦子很清楚，知道自己要什麼，我知道自己該做什麼!你放心吧!」

例如，精進各國語言，包括各界特殊語，更加熟悉各界的人物與歷史，或是各種妖魔鬼怪的特性，她什麼能力都沒有，但知識會是她的強項，萬一以後遇到麻煩的傢伙，可以用知識戰勝。

「來了!嘿!」胡眞心朝著從樓上下來的厲心棠，開心的揮手。

胡眞心已恢復成平時的樣子，紮著一頭黑髮馬尾，襯衫黑褲，一隻腳還縮在椅子上，輕鬆自在的模樣；身邊的阿龍氣色也恢復健康，身上多了許多特別的護身符，這些都是以防被報喪女妖影響的物品。

胡眞心依舊是報喪女妖，她熟悉了自己的力量，的確可以不隨意將死亡帶給阿龍，兩人的「夥伴」關係還是能繼續，沒有問題。

將死之人依舊看得見她，但胡眞心已經決定不輕易報喪，雖然她變成看得見亡者，也能預知死期，但她打算採取無視，過自己的人生。

而她把李芝凌手繪撲克牌帶出蘭庄，她覺得畫得太精細，決心把它當成紀念物，並且將某些未解案子的線索，匿名交給了警方。

好好培養，說不定李芝凌會是個藝術家，但是……哎，人各有命啊！

「都準備好了嗎？眞的不打算留下來？」厲心棠好奇的問。

「留下來幹嘛？每天喝酒是不錯啦！但這不是我想要的！」胡眞心搔了搔頭，「我們下個月有CASE要辦，得快點回去。」

「好吧！有事隨時聯絡我。」厲心棠張開雙臂，與胡眞心擁抱，「妳加油！慢慢適應這份能力。」

唉，胡眞心嘆了口氣，她現在跟報喪女妖是生命共同體，畢竟她被那小子殺死了，是報喪女妖的重生一併救了她，跟李芝凌當初一樣。

「盡量吧，這是我的命。」胡眞心再次用力的回擁她，「謝謝你們做的一切。」

感謝盡在不言中，她回頭還得幫殯儀館那位阿嬤做超棒法事，感謝她的提點。

「那個闕先生呢？」阿龍拎起伴手禮，可沉了。

「他眞沒辦法下來，傷得重。」厲心棠朝阿龍挑了眉，「你可得好好幫助我胡姐啊，你的魂魄可是她找回來的！」

阿龍有點靦腆的瞥了胡眞心一眼，「我哪時候沒幫她了？都幾年了對不對？」

「你欠我一條命喔，嘖嘖！」胡眞心現在挺愛拿這件事調侃的，「好啦！走了！」

厲心棠送他們到門口，還是那台電子花車樣的貨車，在這夜店街超級顯眼！

臨上車前，胡眞心遲疑的回過身，認眞的看著厲心棠。

「妳知道爲什麼李芝凌動不了妳嗎？」

「知道啊，因爲我是百鬼夜行的人！」她舉起右手晃著，金色手環與右手的蕾絲戒，「妳繼任了報喪女妖，自然也知道那份合約是跟我叔叔簽的。」

胡眞心微瞇起眼，一副欲言又止的模樣，看來……她不知道。

厲心棠身後走出了一位「李芝凌」，她知道那位叫阿天，也是能幻化各種模樣的人，她輕輕比了一個噓，胡眞心瞭然於胸。

「好啦，靠爸族，走了！」

厲心棠笑著跟他們道別，靠爸就靠爸，她已經看開了。

靠爸也是她的資源，硬要撇清才叫矯情吧！既然叔叔、雅姐、整間「百鬼夜行」是她的靠山，那就靠到底吧！

小貨車朝寧靜街頭駛去，胡眞心放了音樂，與阿龍在車上一起哼歌舞動身體，他們偶爾相視而笑，也是一切盡在不言中。

「啊呀！」停紅綠燈時，胡眞心看見過馬路的路人中，有群人看起來不太妙，「我眞的看得見耶！」

那群嘻笑過馬路的男孩，在溪裡被沖刷得體無完膚，卡在石頭縫中，看來是玩水溺斃的，被沖了很長距離，連骨頭都已沖斷。

「誰？」阿龍眼前是車水馬龍，還有一大堆來回過馬路的人，他根本看不出來。

「欸，你說……如果我們預先知道誰會出事，第一時間去接洽如何？」胡眞心雙眼一亮，「就搶先去那間殯儀館？或是先跟警方聯繫之類的？」

咦？阿龍也突然抖擻起精神，「我們可以搶得先機耶！」

「對啊，我們人脈都在嘛！全國殯儀館誰不知道我們！」胡眞心可樂了，「找個時間，請大家吃飯，有錢大家賺！」

「好好！先把眼下這件案子處理好，我們就來安排這件事……說不定，我們可以變一個團隊！」只要收入夠豐，要重建團隊就是小意思了。

或許外人聽起來會有點缺德，但是胡眞心托著腮，看向身邊那個騎車的女孩，像被男友悶死的她，並不是她害的啊！

人各有命，不需干預。

「還要記得去考修復師。」阿龍幽幽的說。

胡眞心略瞥了他一眼，嘴角掩不住笑，在那個他魂魄缺失的前提下，他還記得在李家的事。

「一起。」

闕擎覺得快不能呼吸了，雖然站在落地窗外看著景色的男人「看似」沒有威脅性，但現在的他卻覺得壓力無比沉重。

「我聽說了，你有那間精神療養院。」叔叔望著窗外，靜靜的問，「你都知道裡面關了什麼對吧？」

「是，所以無論如何我不能讓報喪女妖去傷害他們。」闕擎誠實回答。

「你爲什麼會知道？」叔叔回首，疑惑的看著躺在那裡如「躺」針氈的他，「就算你是體質極陰看得見的人，也不該有本事去關閉那些人。」

「這是陰錯陽差，裡面有魔物，但也有能壓制惡魔的人，我只是利用了某種相生相剋，達到一定的平衡。」闕擎輕輕吁口氣，「恰好，收集到了這些人……」

「你天生看得見嗎？」叔叔突然在他右手邊坐下，又想凝視他。

闕擎再度閃躲目光，「是，還有某種感覺，越惡質與陰邪的東西，我看得越清楚。」

叔叔略挑眉，覺得有些莞爾，「那你也知道，你身邊……」

「都是滾動的屍體。」闕擎淡定的接話，「這就是爲什麼我身邊一直有人跟監，許多人都不打算放過我的原因。」

叔叔沉吟著，撫著下巴低低的笑了起來，他連笑聲都帶著性感，闕擎聽著卻覺得汗毛直豎，他知道這叔叔絕對不是人、也不是鬼，卻是更可怕的東西——但他完全看不出來！

邪或正？善或惡？全部難以分辨，但會令他腳底發涼，背脊發寒。

「眞有意思……」叔叔最後只是這樣說，手冷不防的輕放在他的傷處。

闕擎顫了一下身子，緊張的想要阻止叔叔，不過更快的放棄這愚蠢的念頭。

「她受傷不是我的問題，她近來變得……更衝了一點。」他趕緊自保，「但也好像更加明白了。」

「我不反對你們在一起，只是我們見不得她傷心。」

「我們之間不是那種關係。」闕擎連忙解釋，「就只是朋友，我現在只是不想再跟太多人有聯繫，我就只要一個人就好。」

叔叔的手突然撫上他的臉，闕擎簡直一秒石化。

「孩子，沒有人能一輩子一個人的。」他和藹可親得讓闕擎毛骨悚然，「不過，感情的事不能勉強，你想清楚了，只要確定，我能讓棠棠不再去煩你。」

感激不盡。

這四個字闕擎沒說出口，他應該是要這樣說的對吧？但是……他突然拉住要起身的叔叔，也不知道自己哪來的勇氣。

「我有個問題，想請教您。」他努力的半撐起身子。叔叔貼心的爲他的後背多加一靠枕，讓他能再坐起來些，「想問棠棠什麼呢？」

「不會死兩次是什麼意思？」

尾聲

護理師推著輪椅，看著電梯門開啓。

輪椅上的人全身被束縛住外，再跟輪椅綁在一起，即使此時此刻，她仍在努力的掙扎。

地下三樓，護理師將輪椅一路推向了走廊，拐了好幾次彎，終於到達一個窄小的房間，這房間有多小呢？就比輪椅寬一點，兩倍高度。

這不是房間，是個盒子。

輪椅上的人更加激動了，她滿是血絲的雙眼驚恐的看著那黑暗無燈的盒子，拼命扭動著。

「妳再不乖，就得一直進入這盒子裡，不是很難受嗎？」護理師拿起掛在輪椅背後的病歷表，「妳得讓人格統一，或是要派個代表出來，大家這樣爭先恐後的，連身體都無法操控，只會影響到別人。」

「唔……唔唔！」

「鄭湘瑤，十七歲，目前存在人格有二十七位，無法行動、無法言語，爭先恐後，搗亂秩序。」護理師一邊說，一邊確認患者手腕上的身分，「這次闕先生說要關妳五天，直到妳能好好說話為止。」

「不不不……」這幾個字倒是說得挺清楚的。

護理師把她推了進去，再鬆開了束縛帶，她是沒有氣力爬起來的，畢竟剛剛注射了微量鎮定劑；將女孩往地上擺放後，輪椅與人撤出，箱子的門由上而下關上。

護理師退出房間，「患者就定位，即刻起計時五天。」她在外頭等著，輸入了自己的指紋與密碼。

房間柵欄關上，外頭的門再關上，最外層的門更是與牆壁如出一轍，從外面根本看不出這裡有間房，這就是所謂的禁閉室；當護理師帶著輪椅回到了一樓時，闕擎已拿著平板在審核確認。

「辛苦了，做得很好。」

「應該的。」護理師開心的笑著，能被肯定當然高興，尤其是被他們這貴族美男子般的老闆讚美。

闕擎放下平板，拿著掃具朝戶外走去，大家也都習以為常，這裡的環境闕先生向來都會自己清理。

闕擎走出建物後先下了七階階梯，再朝右方走上坡，小坡路盡頭就能看見雕花大門，仔細的確定大門上的防護結界仍在，便放心的清掃落葉；他想起那天半夜，雙手腐爛成灰的葉醫生，曾經躺在那塊地上，心如死灰的動彈不得。

葉醫生其實沒什麼太大的錯誤，他家人更是無辜，但是這是旁觀者的人們才能說的，問問李芝凌或是季暉，他們應該都不會這麼認爲。

葉醫生失蹤了，滅門血案成了懸案也還查不到凶手，警方卻尋不著他，世人都認爲他可能因爲想不開而自殺，正積極尋找中。闕擎看著眼前的落葉林間，他想的是：報喪女妖給的腐爛漫延會有多快？活活腐爛會有多痛苦？會不會來年這兒會有兩棵樹，會因爲養份充足，而長得特別的好呢？

算了，這都不關他的事。闕擎眼尾一掃，外頭又來了新的車，又有新面孔來跟蹤他了，冷冷一笑，刻意揚手打了聲招呼，不怕死的依然很多。

拿出腰間掛的抹布，他仔細擦拭著「平靜精神療養院」的石刻招牌，歲月靜好，竟如此艱難啊。

喀噠喀噠，窩在房間裡的厲心棠正坐在桌前，聚精會神的使用電腦，她最終還是忍不住，決定查一查懸在心裡的問題。

滑鼠聲不停，螢幕中終於出現了「平靜精神療養院」的舊照片，厲心棠歪著頭仔細的往下搜尋：「所有人，王宏達？」

王？不是姓闕嗎？所以闕擎不是繼承了一間療養院，他是買下的？

誰會想買一間精神療養院啊？

後記

其實報喪女妖在歐洲的傳說中，很單純的就是類似女性精靈，被認爲是死亡的象徵。

根據神話傳說，班西是一種女性精靈，在某人將要死去的時候便會開始哭號。如果很多個班西同時出現的時候，則代表著一個聖人或偉人的去世；她有預言的能力，她會在某人死去的時候開始吟唱，即使那人死於遠方，其家人還不知道，但班西的哭號就會變成最早的通知。

她的出現可以預示死亡，即將被殺死的人也能看見她，但看見就是死定了！而在某人將死時的夜間，往往會聽見她淒厲的哭聲。

而班西能幻化成多種形態，不僅是男女老幼，也能幻化成動物，這是很便利的能力——但僅此於此，她就是個預知死亡、通知死亡的精靈類人物。

但我想著，如果這種人存在於亞洲呢？別說太遠，有個人突然到你家，指著你說：你家這幾天會死人！有幾個人能夠心平氣和，泰然處之咧？

其實日常生活中，有些人講話不中聽就已經很惹人厭了，更何況這種動不動就咒人死的人；尤其，萬一這種人講完，自家還真的有人去世，那很多人絕對會覺得晦氣至極，應該很少人會覺得前幾天來家裡咒人死的傢伙是「精靈」。不正常的家庭、叛逆的青春期再加上預知死亡的能力，就形成了這位少女版報喪女妖。

每個人都有自己的人生課題，跟人攀比背景或出生我覺得這種挺沒意義的，既浪費時間又鑽牛角尖，世界本無公平，唯一公平的只有「時間」，所以認眞去解決自己的人生課題比較實際。

故事裡的哭喪女年少不順遂，既叛逆也犯過錯，服刑付出代價後，還是努力的在過自己的人生，所求沒有其他，就是讓自己過得更好而已。

鄭湘瑤、李芝凌或是季暉，都是到處可見的例子，或許你們身邊就有，這些代表了：霸氣又霸道的同學，說話不中聽惹人厭的同學，陰柔型的男同學，幾個人就能成一個社會，欺壓者與被欺壓者，一下就跳出來了。

之前看過一些案例，永遠難解的青春期少年們，思想跟感覺難以解釋，但卻是極易被影響的年紀，逆反的心態，想長大的心都在蠢蠢欲動，這時也是最容易走錯路的時刻，但不管怎麼走，最後還是只有自己扛。

所以故事裡每個人，都要爲自己當初選的路負責。

說個題外話，我覺得如果我是胡眞心，在停屍間看見坐起來的人，我應該會傻在原地，根本跑不出去！

闕擎跟厲心棠的故事也一點一點的揭曉中，我自己都很想跟闕先生說，你不要硬撐了，我覺得你是拼不過棠棠的啦！沒聽過一皮天下無難事嗎！

九月四日有眞的超久違的簽書會，好久不見啊，眞期待看見大家！希望一切都能順利！

最後，感謝購買本書的您，購書才是對作者最實質且直接的支持，沒有您們的購書，作者便無法繼續書寫，萬分感謝、銘感五內！謝謝！

願世界疫情快點結束，寰宇安寧。

笭菁

境外之城 142

百鬼夜行卷9：報喪女妖

作　　者／笭菁
企畫選書人／張世國
責 任 編 輯／張世國
發　行　人／何飛鵬
副 總 編 輯／王雪莉
業 務 經 理／李振東
行 銷 企 劃／陳姿億
資深版權專員／許儀盈
版權行政暨數位業務專員／陳玉鈴
法 律 顧 問／元禾法律事務所　王子文律師
出版／奇幻基地出版
城邦文化事業股份有限公司
台北市 104 民生東路二段 141 號 8 樓
電話：(02)25007008　　傳眞：(02)25027676
網址：www.ffoundation.com.tw
e-mail：ffoundation@cite.com.tw
發行／英屬蓋曼群島商家庭傳媒股份有限公司城邦分公司
台北市 104 民生東路二段 141 號11 樓
書虫客服服務專線：(02)25007718・(02)25007719
24 小時傳眞服務：(02)25170999・(02)25001991
服務時間：週一至週五09:30-12:00・13:30-17:00
郵撥帳號：19863813　　戶名：書虫股份有限公司
讀者服務信箱 E-mail：service@readingclub.com.tw
歡迎光臨城邦讀書花園 網址：www.cite.com.tw
香港發行所／城邦（香港）出版集團有限公司
香港灣仔駱克道 193 號東超商業中心 1 樓
電話：(852) 2508-6231 傳眞：(852) 2578-9337
馬新發行所／城邦（馬新）出版集團
【Cite(M)Sdn. Bhd.(458372U)】
11, Jalan 30D/146, Desa Tasik,
Sungai Besi, 57000 Kuala Lumpur, Malaysia.
電話：(603) 90578822　　傳眞：(603) 90576622

封面插畫／Blaze Wu
封面版型設計／Snow Vega
排　　版／邵麗如
印　　刷／高典印刷有限公司
■2022 年（民 111）8月25日初版一刷
■2023 年（民 112）12月21日初版4刷

售價／340元

國家圖書館出版品預行編目資料

百鬼夜行卷 9：報喪女妖 / 笭菁著—初版—台北市：奇幻基地出版；
家庭傳媒城邦分公司發行；2022.8（民 111.8)
面：　公分 .--（境外之城：142）
ISBN 978-626-7094-95-2 (平裝)

863.57　　　111012267

ISBN 978-626-7094-95-2

Printed in Taiwan.

※ 本故事內容純屬虛構，如有雷同，純屬巧合。

廣　告　回　函
北區郵政管理登記證
台北廣字第000791號
郵資已付，免貼郵票

104 台北市民生東路二段141號11樓

英屬蓋曼群島商家庭傳媒股份有限公司城邦分公司 收

請沿虛線對摺，謝謝

每個人都有一本奇幻文學的啟蒙書

奇幻基地粉絲團：http://www.facebook.com/ffoundation

書號：1H0142　　書名：百鬼夜行卷9：報喪女妖

請於此處用膠水黏貼

讀者回函卡

謝謝您購買我們出版的書籍！請費心填寫此回函卡，我們將不定期寄上城邦集團最新的出版訊息。亦可掃描 QR CODE，填寫電子版回函卡

姓名：______________________________

性別：□男　□女

生日：西元__________年__________月__________日

地址：______________________________

聯絡電話：__________________ 傳真：__________________

E-mail：______________________________

職業：□ 1. 學生 □ 2. 軍公教 □ 3. 服務 □ 4. 金融 □ 5. 製造 □ 6. 資訊

□ 7. 傳播 □ 8. 自由業 □ 9. 農漁牧 □ 10. 家管 □ 11. 退休

□ 12. 其他 ______________________________

您從何種方式得知本書消息？

□ 1. 書店 □ 2. 網路 □ 3. 報紙 □ 4. 雜誌 □ 5. 廣播 □ 6. 電視

□ 7. 親友推薦 □ 8. 其他 ______________________________

您通常以何種方式購書？

□ 1. 書店 □ 2. 網路 □ 3. 傳真訂購 □ 4. 郵局劃撥 □ 5. 其他 ______

您喜歡閱讀哪些類別的書籍？

□ 1. 財經商業 □ 2. 自然科學 □ 3. 歷史 □ 4. 法律 □ 5. 文學

□ 6. 休閒旅遊 □ 7. 小說 □ 8. 人物傳記 □ 9. 生活、勵志

□ 10. 其他 ______________________________

請於此處用膠水黏貼